内米洛夫斯基作品集

猎物

〔法〕伊莱娜·内米洛夫斯基 著

金龙格 译

La Proie

人民文学出版社
PEOPLE'S LITERATURE PUBLISHING HOUSE

图书在版编目(CIP)数据

猎物/(法)伊莱娜·内米洛夫斯基著;金龙格译.
—北京:人民文学出版社,2018(2022.1 重印)
(内米洛夫斯基作品集)
ISBN 978-7-02-014145-6

Ⅰ. ①猎… Ⅱ. ①伊… ②金… Ⅲ. ①长篇小说-法
国-现代 Ⅳ. ①I565.45

中国版本图书馆 CIP 数据核字(2018)第 086216 号

责任编辑 **卜艳冰 何炜宏 郁梦非**
装帧设计 **钱 珺**

出版发行 **人民文学出版社**
社　　址 **北京市朝内大街 166 号**
邮　　编 **100705**

印　　刷 **宁波市大港印务有限公司**
经　　销 **全国新华书店等**

字　　数 **154 千字**
开　　本 **787 毫米×1092 毫米 1/32**
印　　张 **7**
插　　页 **1**
版　　次 **2018 年 10 月北京第 1 版**
印　　次 **2022 年 1 月第 2 次印刷**

书　　号 **978-7-02-014145-6**
定　　价 **38.00 元**

目录

第一部分

一

“他去哪里呀？”

“我怎么会知道？……他跟家里人在一起，就像个外人一样……”

一家人相聚在客厅里。客厅像个过道，有四扇总是敞开着的门，从那里可以观察屋里人的一举一动。女人们屏住呼吸，谛听让-卢克的脚步声，但他已经走远了。

洛朗·达格尔纳柔声说：

“他是自由的……”

他的反应正如他妻子所预料到的那样：他可能很想叫住儿子，脸上带着他那常常是抑制不住的、像是自嘲而腼腆的微笑说：“过来……你总不着家……”可话到嘴边又停住了，变成一丝几乎察觉不到的叹息。他默默不语地让儿子走了，然后重新捧起他的那本书。现在，他似乎很幸福。他属于那样的男人，在沉思默想和精神思辨中才会觉得自在安然。阅读带给他的，同酒精带给别人的一样：忘却生活。

达格尔纳家的小楼建在维希纳的北面。那是一个礼拜天的晚上，汽车在国道上奔驰。离花园不远处，有一个交叉路口，小汽车从花园的栅栏前面经过，刹车的时候，往往会发出难以忍受的嘎吱声，就像焦急的喊叫。但是，到了这个时辰，汽车越来越少。然后，这栋小屋会在沉寂中安息，直到第二天。雨下个不停，大颗大颗的雨珠急不可耐、一刻不停地敲打着屋顶。

洛朗·达格尔纳把书高高地举起来，以便更好地截获一盏有三个灯嘴的分枝吊灯照射出的微弱灯光。客厅里很冷，很不舒服，堆满了一到秋天就会从花园里搬进来的家具。靠墙放着不知用了多少个年头的破破烂烂的藤椅和一串早已退色、拱架锈迹斑斑的槌球。屋子被一个没有鲜花、也不漂亮的花园包围着；古老的黑杉挺拔而壮硕，树枝已经撑到窗户上，台阶上亮着的一盏灯，朦朦胧胧地映照着这些杉树，还有草坪中间的那个石膏坛子，坛子边沿满是雨水和腐烂的树叶。

这栋黄砖楼房看上去就像战前的建筑一样，阴沉、结实、丑陋、朴素、耐用，是洛朗·达格尔纳第一次结婚时建起来的。但他前妻路易丝早早就死了，而且就是在这所房子里死去的，现在他和另一个女人生活在这里……许多年来，由于他身患疾病，建筑师的收益已经少得可怜的时候，一家人就住到了这里，无论是寒冬还是酷暑都没有离开过。在十一月的夜晚，正如那天晚上一样，巴黎显得出奇的遥远……这是因为达格尔纳家没有汽车。

玛蒂尔德·达格尔纳低着头在那里缝补衣物，她那中间分开、紧贴于两鬓的长发布满了银丝，以前它们可都是乌黑发亮的。时不时地，她停下手中的活计，叹口气，皱着眉头，定神地看着前面，两片紧闭的薄嘴唇嚅动着，低声挤出一些数字：

“十二法郎七十五生丁……十二加八……果然不出我所料……二十多法郎……”

她长着一个又瘦又直的大鼻子，一双深陷在眼眶里的忧郁的眼睛。她那天生干燥的皮肤从来都没接触过脂粉，就像因缺少食物而营养不良一样。她的容貌并不缺少姿色，却过早地憔悴了。从身材来看，这是一个高挑靓丽的女人，身段无可挑剔，她那凋谢的面容和完美的身段形成非常奇怪的对比。

结婚的那一天，她给过她的继子让-卢克一份礼物，让-卢克当时才八岁。让-卢克被父亲推过去亲吻她，向她表示感谢，亲完后没多久，不知道是出于好玩还是害羞，他再一次把嘴巴伸过去，她赶紧往后退了一步：

“可是，你已经亲过我了，让-卢克……”

她刚说完这句话便抬眼瞅见让-卢克的眼神，心里想：

“我在说什么呀？……我疯了吗？……”但是这些刻薄的话和责备是在一股无名力量的推动下脱口而出的，而她原本只是有些不安，心意是好的，哪里知道自己是在自作多情，想给他一些爱也是徒劳。这天晚上，她还在想：

“抚养另一个女人的孩子真难啊。”

让-卢克现在都二十三岁了。可怜的洛朗魂归西天的那一天一定会是个悲惨的日子，到那个时候，全家人除了让-卢克，就没有别的依靠了。

洛朗·达格尔纳在德国被囚禁的那段时间，得了一种腰部痉挛的疾病。最后一次手术之后，他的病已经变成不治之症了。这是一个身材矮小、瘦弱的男人，面色苍白，眼神疲惫，深陷的眼眸似乎是朝里面转的，对现实世界漠不关心，这种眼神显示出他是一个快要死的人。

唉，过不了多久，家里的主人就变成让-卢克了。他将是他那年幼的弟弟和异母妹妹（玛蒂尔德·达格尔纳第一次婚姻生下的女儿，被她现在的丈夫收养了）的法定监护人。可是，他能为他们做什么呢？

她心想：

“他是铁石心肠的人。”

她把缝衣针举到灯光比较明亮的地方，大声说道：

“他今晚不会回来。”

“你问过他了？”

“我可不敢问他。他会让你明白，你这么问他会惹他不高兴。这种事不用对方细说我都明白。”

洛朗不能忍受让-卢克被妻子责备，不管是从她嘴里说出的，还是在心底里掖着的，所以他焦虑不安地嗫嚅道：

“我肯定他会回来。”

她长长地叹了一口气：

“会回来的，我的朋友……别担心。”

洛朗已经在责备自己这么想儿子太儿女情长。他下意识通过想象把让-卢克与约瑟，以及那个虽然不是他的骨血但他还是尽力去爱的小克洛蒂娜区分开来。他把那只轻微得几乎察觉不到的颤抖的手伸过去，抚摸着约瑟纷乱的头发和克洛蒂娜的前额：

“你们怎么样，孩子们？”

他俩没有搭话：父母的声音很少能传到他们的耳朵里。克洛蒂娜十六岁了，约瑟十二岁。在这种年龄段的孩子，身体外面围着一堵无形的墙，把他们的感官与外面的世界隔离开来。有时候，他们的母亲说到某些话时，用尖历刺耳的声音叫他们，传到他们的耳朵边时，他们的身体战栗着，就仿佛从梦中惊醒一样，但洛朗·达格尔纳对他们来说只是一个坚实的影子而已。

克洛蒂娜，一个已经发育成熟的胖乎乎的小女人，长着一头黑发，粉红色的脸颊上堆满了沉甸甸的肌肉，一副矮胖、壮实、冷漠、神秘的样子，她正在那里缝一件内衣。她无所事事，无精打采地看着周围，内衣搁在大腿上，手里玩着她的银手镯。约瑟坐在她旁边，正低着头，兴奋地翻着一本书，他的头发落在宽阔的前额和美丽的眼睛上。他没有中断阅读，只是猛地一甩头，把头发甩到后面去，然后把拇指塞进耳朵，把指甲扎进脸颊。他的皮肤还很细嫩，像女孩子一样，手指压过后红一块紫一块的。洛朗心里想，他长得像让-卢克，但他得到了很好的照顾，面色红润，很幸福……让-卢克从来就没经历过这样的日子……他很小的时候就成了孤儿，八岁就被关进了学校，总是那么苍白、消瘦，套着一层外表冷漠的护甲。学校都是清一色的男老师授课，同学也都是男孩子，接受这样的教育使他对自己充满怀疑。洛朗又看见长子那棱角分明的脸部轮廓，他那双细小明亮的眼睛，他那两片漂亮的嘴唇仿佛在坚强意志的作用下紧紧地抿着。他的声音很轻柔，但他说话时使用的是短促的句子。洛朗想到他时很伤感，很害怕……“当一个人的生命行将结束的时候，”他心想，“他对一个孩子的感情就像对一个心爱的女人一样。让-卢克那些最简单的动机对我来说都显得很神秘莫测。他现在在哪里？跟一个女人在一起吗？哪个女人？我儿子会喜欢一个女人吗？还是和一个朋友在一起？……我记得我在他那个年纪，随便哪个男孩子，最笨的最粗鲁的男孩子都很亲近我，在我眼里他们比我自己的父亲更加重要。多少时间都浪费在那些窝囊废身上了，对那个即将死去的人却是那么蔑视、那么不放在心上啊，我现在也像那个快死的人一样。让-卢克可以从我的嘴边听到多少苦涩而又沉重的经历啊，可他却想都没想过这回事……对他来说我算老几啊？我能给他什么？什么也不能给他，确确实实不能给他什么。两年来，他的学费我都拿不出来，甚至连吃饭的钱都给不了他。他在做什么？他怎么生活？他不说，我也不敢问……我害怕知道他不幸，害怕知道他缺吃少喝，害怕知道这些，因为我怎么可能帮他呢？自由吗？他当然是自由的……可是，除了这可怜的自由，我还能给他别的什么呀？他谨小慎微，过早地成熟了。可他幸福吗？自由只是在人们对它充满期盼的时候才美丽，才会让人热烈地渴望，但像这样作为礼物，它有着别样的名字：遗弃，孤独……”

可是，洛朗又能怎么样呢？他上一次做完手术后，就不再工作了。他仅靠国库、税务机关留给他的一点可怜巴巴的年金生活。他现在领的是最后的息票了。他死后将给家人留下一份他以前订立的人寿保险，和维希纳的那栋卖不掉的小楼；小楼卖不掉，因为那是在一九三二年年底，一场史无前例的经济危机开始了。让-卢克的前途非常暗淡……

他轻轻地阖上眼睛，为的是在想象中更清晰地看见儿子亲爱的面孔。今天晚上他会回来吗？……从礼拜六到礼拜一，让-卢克住在维希纳，但其余几天，都住在巴黎。今天晚上，房间里还散发着让-卢克存在的气息。他留了几本书在桌子上，扶手椅的扶手上还有他的手表，表带是皮的，太短了，因为箍手腕，他不得不经常摘下，随后就忘在那里了。玛蒂尔德看见丈夫的目光停留在那块手表上，就站起来，拿起手表，放进一个抽屉里。让-卢克抽过的香烟味已然散去，只剩下雨水、秋天和湿漉漉的地面上那些从花园里弥漫上来的难闻的气味。几只猫在黑暗中凄厉地号叫着。洛朗心想，他再也不必接受这些老掉牙的痛苦的想法……害怕明天，担心家人的一日三餐和将来的生活？今天哪个男人幸福得足以做到来去无牵挂？他就像许许多多别的父亲一样……这是做父亲的悲哀，它压在他们中的千千万万的人身上……他叹着气，满怀柔情地看着书，那是一本封面已经破旧的薄薄的英文书。如果有什么东西可以安慰他的话，他最喜爱的伊丽莎白一世时代的诗歌可以带给他一些慰藉。他读着：

My soul like a ship in a black storm
Is driven I know not within…①

“我的心，就像黑暗暴风雨中的一条船，不知会被席卷到多深的地方……”

他抬起头，心情沉重地看着浸沐在雾气中的杉树，和照在树上、映着他们和墙面的苍白的灯光。到了又病又老的时候，谁能凝视着这些一动不动的黑色树木，呼吸着秋天泥土的气息而不瑟瑟发抖呢？……

他问了一句：

“克洛蒂娜，你能把百叶窗关上吗，我的孩子？……能把窗帘拉上吗？……我觉得冷。”

“克洛蒂娜，听见你父亲说的话吗？”达格尔纳太太说道。

克洛蒂娜站起来，拉上了窗帘。

---

① 出自英国悲剧作家约翰·韦伯斯特（John Webster，1586—1639）的作品《白恶魔》（White Devil）。

二

读初中上晚自习的时候，还是个孩子的让-卢克经常这样想：

“将来，当我喜欢上一个女人的时候，当我第一次把她抱在怀里（他想到‘裸体’两个字的时候，脸因为害羞和欲望而涨得通红），我会特别想起这些黑黢黢的墙壁和雨声，以增强我的快感。”

这天晚上，在一个温暖阴暗的房间里，睡在爱蒂身边的时候，有那么一瞬间，古老的往事又涌上心头，但它那么遥远，那么甜蜜，并且很好地去掉了邪恶的成分，以至于他对这件事只是稍微想了一下，并报以微笑。他是那么幸福……他们把灯熄掉了，一个小煤油炉子在房间的一个角落里燃烧着，炉子的红心照着有花枝图案的壁衣，壁衣上印着因为潮湿而已经退了色的帆船。让-卢克是在蒙苏里公园边上的一个小餐馆里发现这种小包房的，由一道不引人注目的楼梯和一扇暗门进出。

他就是在那里与爱蒂幽会。在这个时候，在这个季节，公园和整栋房子都好像是空的。露台上的铁桌子倒在一个挡雨披檐下面。夜晚抹去了印在门上的“婚宴”两个字。一盏点亮的路灯把灯光倒映在一片黑漆漆的湖水中。雨水轻轻地流淌着，这种水流潜进水里的声音在独自估算和安排着时间。秋天的夜晚，寒气袭人，给人一种苍凉的感觉，但在这个房间里，爱蒂的芳香体味把墙壁都浸透了。房间里有一种闷热的感觉，但很温馨，使身体和灵魂昏昏欲睡。桌子上有一瓶干白葡萄酒，浸泡在满满一桶冰块中。但他们滴酒未沾。他们甚至都没有接吻拥抱。只是紧紧地依偎，一动不动，手紧紧地盈握在一起，爱蒂的手腕都捏出了红印。时间停止了。一扇门轻轻地关上，一个女人的说话声、一阵抑制住的笑声穿墙而过，然后一切都又沉寂下来。雨，下得更大了，这也是洛朗·达格尔纳此刻正在谛听的敲打着屋顶锌皮屋檐的雨。

“天气多好啊。”让-卢克低声说道。

他伸手去摸桌上的香烟。爱蒂点亮了位于两副餐具之间的那盏小灯。

他们充满渴望地凝视着对方，没有一丝微笑。他脱下了西服上装，去掉衣领后，那年轻白净、壮硕有力的脖子露了出来，那一头蓬乱的棕色秀发把他那紧凑苍白的前额遮住了一半；他那头浓密的头发，太茂密，太富有生命力，生长在瘦削的面孔上，就像热带地区燃烧的大地上长出的茂盛的草一样。他用手猛地把它们拢到后面去。他的一些动作还像个未成年人一样稚气未脱，但他的目光已经像个成年人一样大胆、明亮了。当他低下眼睛，那长长的睫毛使他的面容变得很温柔。

她喃喃道：

“很晚了。”

“不晚。”

“晚了，让我走吧。都快午夜了。家里人不许我午夜后才回家。”

“我不在乎你的家人……”

“我在乎呀，我该……”

“那好吧，走吧！”

她站起来，但感觉到男孩的双腿和她的双腿缠绕在一起。他们又慢慢地倒下去，紧紧地搂在一起。

她二十岁了，长着一副专横、精致的脸和一双绿色的大眼睛，几乎没怎么化妆。她的头发半长，用两只玳瑁发夹束在耳朵后面，发夹上镶嵌了钻石。让-卢克摘下她的发夹，散开的头发倾泻到肩膀和脖子上。她的头发是金色的，比她那琥珀色的肌肤还要明丽。她那清丽的面容、纤细的手臂，尤其是那头轻盈的头发，使她有时候看上去还像个孩子。他们天真地微笑着，这种天真在他们的脸上已经很少见了。一面倾斜的镜子映着他们，那是一面老镜子，镜框很重，镀了金，可能是一八八〇年制造的，就像这座房子里的所有家具一样，镜面上划了许多文字和陌生的人名。此时此刻，两人最强烈最美妙的愿望就是像这样，一动不动地待着，永远这样，紧紧地搂抱着进入梦乡，永远也不要再见到他们的父母亲，也不要感受凄清大街上的气息。他们嘴对着嘴说话，凑得那么近，以至于话还没说出来，这些话还是呢喃细语，还是未成型的半语半吻时，就被嘴唇吸了进去。他们好幸福啊。年轻的时候，很少有人懂得品味幸福的滋味，他们甚至都不去追求这种幸福，仿佛觉得这么年轻，还要额外增加幸福，对上帝的要求也太过分，可这无声的狂喜是他们所能了解的最接近幸福的画面。他们不是情人。他爱她。他想把她变成他的妻子。

突然，他们觉得冷了。虽然他们的脸颊热得像熊熊燃烧的火焰，但他们的身子却冷得直打哆嗦。他们从床上爬起来，走到小煤油炉边坐下，默默地吸着烟。然后，爱蒂把包里的镜子拿出来放在地上，背靠着让-卢克的膝盖，开始慢条斯理地梳头发。他抓起她放下的香烟，送到嘴唇边。

“没有你很难活下去。”他终于吃力地说道。

像往常一样，在内心激动的时候，他的声音就会变得低沉。他转过头去，为的是不让他的眼神背叛他的激动情绪：年轻而充满活力的灵魂是耻于谈情说爱的。他的脸已经变得冷峻和平静。当他带着热情抑或是真诚说话时，他的脸上变得没有表情，冷冰冰的，捉摸不透，可是当他的每一个表情都平静下来，则会出现相反的情况，他的脸会由于嘲讽、思考和极度专心而变得生动；他的双眼闪烁着，嘴唇因为平息他的激动情绪而不耐烦地挛缩着，但这种激动的情绪从内心深处迸发出来，就像死灰复燃后继续燃烧的大火一样。

她紧紧地靠着他。他摇了摇头，说道：

“我不会和你一起待在这里。你是那种让我觉得害怕的女人。你太光彩照人了……而我以前想象的那种女人……”

他没有接着往下说，而是默默地注视着她那往后仰着、靠在他膝盖上的裸露的颈子。房间被煤油炉的火光照亮，暗淡的玫瑰色的火光将爱蒂的身体留在阴影中，也给她的脸和圆圆的金色脖子抹上了一层彩妆。

“亲爱的……你想象的女人是什么样子的啊？你真是忘恩负义啊……而我，自从我看见你，我就在想：‘我喜欢这个人……’你还记得吗？索邦大学的长廊里，我在那里等向达尔·德斯克莱。天已经黑了，到处都亮起了灯。我们周围没有一个人，而你……我发现你是那么英俊……你想跟我说话，却又没那个胆。”

“从你的装束来看，我就知道你不是大学生，但我假装弄错了。我问了你一个愚蠢的问题……”

“你显得非常自如。我以前一直在梦想找一个像你一样的小伙子……是的，你那瘦削的面孔和美丽的眼睛……那么你，你小的时候，渴望的是另一种女人吗？那是什么样的女人？”

“既是‘拉辛的公主’，又要跪在我的面前。”他微笑着说道。

她立即跪在他面前，笑吟吟地看着他。他摇了摇头。

“这可能还不够……你想想……我需要她忠实于我，听命于我，除了我不依赖任何人，只属于我一个人，把我视为她全部的幸福，她全部的安逸……而你是富家千金，一个年轻的女子，你的全部生活与我天差地远的……可是很快……”

他一手托着女孩歪着的颈子，轻轻地捏着，然后慢慢加大力量，直到她发出痛苦的叫声。他并不问她：“你爱我吗？你永远也不会爱上另一个男人吗？我们永不分离吗？”他很少使用爱的语言，在他这种年纪，爱的语言仍然是那么庄严，说出了就无法收回，他们还没有滥用爱语。最后，他说道：

“我的朋友……”

这是他毫不费力就可以脱口而出的唯一充满柔情的词语，唯一不让他觉得耻辱的词语。

他们紧紧地拥在一起，一语不发。爱蒂突然站了起来：

“好啦，够了，该走了……来吧。”

当她重新梳好头发的时候，让-卢克站了起来，走到紧闭的窗户边。他朝蒙在窗户玻璃上的水汽吹了一下，餐馆露台上一盏锌皮路灯苍白的灯光从窗户那里透进来。

“公园里一个人影也没有。”

“已经是深更半夜了。”

让-卢克看着那些一动不动的树，它们向大地俯下身子，专心致志地聆听着液流上升的声音，但它们没有快乐得发抖，没有春情荡漾，而是很沉着，很耐心，怀着隐隐的希望……让-卢克取笑它们，谴责它们，可怜它们，因为他那年轻的身体在瑟瑟颤抖，他身上的血液在沸腾在燃烧。他猛地打开窗户，吸着裹挟了雨水的空气，仿佛这空气中放了香膏，可以平息他内心的悸动与狂热。昏暗的灯光把两人的身影透射到露台的玻璃墙上，它们吻在一起，然后爱蒂拾起丢在沙发上的毛皮大衣，先前他们躺在大衣上面互相抚摸着，她把大衣举到脸颊和嘴唇边：

“你的体香……”

他们还在沙发边犹豫了片刻。让-卢克用低沉、热情的声音说：

“不，不，你不会是我的情妇，而是我的妻子。你以为，如果我和你睡过觉，我会放你走吗？……”

“走吧……”

他在那瓶依然很满的酒瓶下面压了一张五十法郎钞票，也是最后一张了……也罢！……有什么关系呢？……他觉得自己浑身是劲，足以托起整个世界！

三

他们在冷冷清清的小加赞街分的手。公园时不时地有个地方被微弱的灯光照亮。雨还在不停地下着。

让-卢克竖起雨衣的领子，把两只手插进口袋里。雨水在他的头发上、脸上流淌着。又沉又冷的大颗水珠吸走了他脸颊上火烧一般的灼热，他觉得惬意极了。他很幸福。一个人处在幸福之中是多么崇高，多么高尚啊。……风穿透了他的衣服，他肚子好饿，为了买那瓶酒，为了给爱蒂买香烟，他没有吃晚餐，但这么做使他更快乐、更自豪。在他这个年龄，必要的物质能使人受尊重，即使以后再进行报复……对他来说，似乎没有任何东西可以使他那保存完好的力量枯竭，无论是贫苦，超负荷的工作，还是纵情享乐。无眠之夜使他的身体无比的兴奋；他的思维由于饥肠辘辘也变得更加敏捷，更加清晰。他陶醉于自己的青春、热血，以及那副把自信传递给心灵的灵巧而平衡的身体。他又一次微笑着回忆起中学里的事、黑乎乎的墙壁和他的眼泪……所有那一切都已离他远去……平生第一次，时间与他同在，并属于他。童年时，时间过得那么慢，那么沉闷，对别人来说意味着快乐和忘却的时间，现在也开始和他的脉搏一起跳动。他是多么年轻啊！他真想振臂高呼："谢谢你，青春……"瞬间里，他的力量可以与整个世界抗衡。

他慢悠悠地走在蒙苏里公园周围的小街上，感觉到夜色和寂静很好地掩护了他内心的狂热。公园下面地势较低的地方延伸着一片灯火和喧闹声，成百上千像他这样的小伙子从那里经过，他们同样强壮，同样聪明（同样聪明吗？这个吗，不，不一样，他微笑着想），这些年轻人一无所有，但每个人都梦想用自己的双手牢牢地抓住世界。他在黑漆漆的街上，迟迟不愿回去。他倚在公园的栅栏上，深情地看着湖上的灯光。没有什么东西比这些在黑暗中、在雨中、在无边无际的寂静中摇曳的小火光更平静的了。灯光似乎在慢慢地吸收他的目光，慢慢地……这是难以言表的，难以言表……它轻轻地闪烁着，渐渐地平息了他的心跳。

他继续往前走，把那只抚摸过爱蒂的手从衬衫的开口处伸进去，紧紧地贴在胸膛上。时不时地，他把那只手举到嘴唇边，吸着上面的香味。爱蒂……这个富家小姐，是在一个他不了解的世界里成长起来的，他很难想象那是个什么样的世界，是金融家的世界、政治家的世界（她的父亲就是那个阿贝尔·撒拉，银行家），这个有钱的女孩将会成为他的妻子。爱情只有在两个人互相为对方牺牲时才有价值，而且要彻底牺牲。爱蒂将会成为他的妻子，他至死不渝的忠实伴侣。他只要找到一个谋生手段，就可以娶她。他猜想她的父亲十有八九会反对这门婚事。可是如果必须过穷苦的日子，将是多么糟糕的事情。那种要对女人负责的想法，那种对剥夺女人的奢华和舒适生活——有人不是说它们理所当然属于女人吗——的担心，老一辈的人才会看重。为什么？……爱情应该在努力中，在平等的相互牺牲和彼此忠诚中千锤百炼。当今世界，对男人和女人来说，勇气和自尊才是唯一必不可少的美德。必不可少，但足够了。爱蒂不能胆怯。缺乏勇气的话会把她心中的爱情磨灭掉。当然，生活很艰辛。有谁比他更了解这一点？……为了生存，为了在无依无靠的情况下完成学业——他不能跟他那羸弱、生病、破产的父亲要任何东西，他真的是在玩命地干活。他洗汽车，用两个晚上的时间翻译侦探小说，收费极其低廉地给人上课，含辛茹苦地挣钱，彻底放弃物质享受，换来的是自由自在的权利，是自己对自己的行为负责，是自豪地说家里人什么也没给他也没有任何权利要求他，他可以随心所欲地打造自己喜爱的生活，既无需等待，也不需要建议和援助。在这种生活中，他将是唯一的主人。

就这样，他一边浮想联翩，一边旁若无人地从人群中挤过，终于抵达奥戴翁广场的一家小咖啡馆，他要在那里会他的朋友塞尔日·杜尔丹。破旧的软皮垫长椅，失去光泽的锌皮吧台，筋疲力尽、昏昏欲睡的女孩子靠在一个苍白消瘦的男孩身边，这就是他的日常生活场景。因为，青春是一杯美酒，却通常装在一只粗制滥造的杯子里。然而，他并不觉得痛苦。没有地方比得上这些寒碜的小酒吧，待在那里，就好像迷失、隐藏在城市的低凹处，躲避在黑暗和喧闹的中心，在自己周围重新创造了一个摆脱了世界法则的世界，就像孩提时一样。

他和塞尔日·杜尔丹在那里一直待到清晨，和他一起沉醉在政治之中。他会看着茶托送到小铁桌上来。杜尔丹和他一样孤苦伶仃。他们是在中学里认识的，开学的那天晚上，在寄宿学校的门口，校门即将在他们的身后关闭，两个可怜的孩子迷失在人群中，紧握着拳头，紧咬住牙齿，不让羞耻的眼泪掉下来。

他们将一直待到清晨，他们可能会说话或者保持沉默，在沉默中他们能更好地相互理解。然后，让-卢克会回到他租住的那个房间，在绿岛——那个老弹子房上面，索邦大学的正对面，他将在棋子在棋盘上移动的声音中，在使劲掷出的弹子的当当声中，在酒杯的碰撞声中，在说话声中入睡，就像从前在中学里，在营房里入睡一样，睡得很沉很香，没有梦。

四

一年后，还是在这个破旧的绿岛，在底层的大厅里，在象棋桌和弹子桌之间，让-卢克等着爱蒂的电话。

快到晚上八点钟了，他已经在这里等了半天。外面是阴沉沉的秋天，没有任何地方可去……他是多么厌倦巴黎的大街小巷啊，从黎明时分开始，他就在街上谋划，试着推销他的那些吸尘器模型、收音机的焊锡，还有从倒闭的化妆品商店低价买来的肥皂……这是他目前唯一的谋生手段。无论是显赫的文凭、勇气还是工作，没有一样东西能给他带来他所希望的最微小的安全感，没有一样东西能满足他最起码的愿望。就像人们谈论美国女孩时说“美丽是廉价的”一样，同样，在欧洲，在一九三三年的这个秋天，人的才智一钱不值。

他一个人待在那里，杜尔丹晚些时候应该会来。杜尔丹在一家铁器金属店找到一份每月八百块钱的工作，每天负责出口商品的监管和装车。有时候，他也在绿岛吃晚餐，吃一块“火腿面包”，喝一杯搀了酒的清咖啡。

沉闷的空气中飘着一层厚厚的烟雾，其中夹杂着尘埃和白垩；让-卢克对面燃着一盏黄色的蝶形煤气灯。弹子和象棋的撞击形成沉闷的嘈杂声，在因为疲惫而昏昏欲睡的时候听着几乎是令人沉醉的。

让-卢克坐在一个角落里，闭着眼睛，双臂抱在胸前。当电话铃声响起来的时候——那细小的铃声在咖啡馆的喧闹声中几乎听不见，他就猛地撑开眼皮，竖起耳朵听着。可是，服务生埃尔内思特站在电话间的门口喊的是“有人找马塞尔先生”，或者“找乔治先生”，或者另一个人的名字，反正不是他，从来都不是他……让-卢克慢慢地放开交叉着的双臂，用两只用力地箍在一起的手把膝盖圈起来，直到他的心跳平息下来。他透过烟雾，目不转睛地看着煤气的火光。他清瘦，脸色苍白，胡子没好好刮，头发特别长，身上穿着一件袖子打了补丁的难看的毛衣。坐在他周围的全是和他一模一样的年轻人，仿佛在他们告别青少年时期之际，营养不良、空气和阳光的匮乏把他们的面孔和身体加工成型，直到把他们变成一个群块，不怎么像人，倒更像是兵营、办公室或者医院里的一个号码、一个单位，而不是彼此区别的个体。他们都穿着毛衣或者旧雨衣，发型也全都一个样，平滑的头发贴在一起梳到后面。胸部都很窄小，非常低矮的活硬领里面，脖子非常细。他们的每一个动作都很急促、很激愤。他们中的许多人是亚洲人，比起其他人来肤色只是稍黄一点点。昏暗的照明给所有的面孔都涂上了一层褐色。大厅里没有女人。

所有那些不玩牌不下棋的都在谈论政治，就像让-卢克以前所做的一样……他知道隐含在话语下面的是什么，他们在孕育怎样的梦想，在这些年轻人的身上，物质生活的艰难并没有让他们绝望，却激发起他们一种隐隐约约的雄心壮志，然而在内心深处他们还不大承认。他们将会以怎样的喜悦埋葬旧的世界啊！如果它死了，如果它从四面八方爆炸，就像有人在他们周围对它大喊大叫一样，他们这些年轻人难道不会在那里收集爆炸碎片吗？……对那些年龄上与他们最接近的哥哥姐姐们来说，十五年来，这个世界只有一个主宰，那就是金钱。对他们来说，金钱就是权力。这个关键字他们永远也不会说出口，因为它是“忌讳”，但是虽然不情愿，人们还是听到了，隐约显露在他们快捷严肃的评判中，对包括整个世界在内的极度蔑视中，在对政治的热情中——这是唯一能让他们激动的人类活动形式。怎么能不梦想呢？……当今世界还给了年轻人什么呢？……工作找不到，最简单的心愿也实现不了，没有行动。就只剩下这个了……指望一步登天的、以各种名义和党派标签做伪装的残酷而冷漠的热情。

“那我呢？”让-卢克心想。

他像他们一样梦想主宰这世界，可世界在他看来从未如此遥不可及。他从一扇低矮的门进入世界，这是一扇贫穷之门，遗弃之门，背叛爱情之门。他觉得如此孤独……他心想：

“于连·索莱尔尚可以指望社会上的某个阶层。可我们呢？……我们今天有什么可以依靠的？……所有的一切都在摇摇欲坠。连金钱本身都不可靠。在我的周围，什么都没有。无依无靠。”

他用牙齿咬住嘴唇，以免发出一声懦弱的叹息。侍者才给他添了白兰地，他端起酒杯，一饮而尽，然后他俯身向前，手里玩着那只空烟盒。他重新开始等待。

现在快九点钟了。他突然站了起来，穿过弹子房，往电话间走去。透过电话间的门，他听见一个非常年轻的男人的声音，简直就像一个未成年人的声音，用睡梦中的语调反复说：

“可我已经跟你说过我在父亲家吃晚饭！……妮妮，好了，理智一点！我跟你说我现在就在我爸爸家！……”

让-卢克靠在墙上，这墙壁以前刷过石灰，现在已经肮脏不堪，写满了名字和数字。最后，电话间的门终于打开了，从里面走出一个二十岁的小伙子，脸部因喝了酒而涨得通红，胳膊下面还夹了根台球棒。他认得让-卢克，对他微微一笑：

“你好吗，达格尔纳？”

让-卢克一语不发地走进令人窒息的小电话间，他已经在那里打过许多次电话。他下不了决心把听筒摘下来，怕再次听见那个声音：

“你是谁啊？小姐出门了。”

电话间的隔板一直到半高的地方都写满了女人的名字，画了许多人体或者面孔，里面弥漫着一股冷冷的烟味，让人恶心。

轻轻地，让-卢克轻轻地摘下听筒，手在上面抚摸了片刻，然后开始拨号。接听电话的是爱蒂本人，一听到她的声音，让-卢克就大发雷霆，听到沙哑低沉的说话声，他自己也大吃一惊。

“是你……你为什么没打电话？”

爱蒂喃喃道：

“我现在不能说……”

“你听着，爱蒂！……如果你愿意，你只用说是或者不是，可我需要一个回答！一个认识你的小伙子说你订婚了，说订婚日期已经宣布了，定在十一月二十五号。一个星期了，我见不到你，你既不给我打电话，也不给我写信。我想……我想要知道。你回答！……”他狂怒地喊道。

他停止说话了：爱蒂一句话也没说就把电话给挂掉了。

他气愤地摇着电话铃，他怎么弄都是白搭。他把手慢慢地放到脸上。

“婊子，”他咬牙切齿地喃喃道，“她会为此尝到苦头的，我发誓……”

说完，他还在那里待了片刻，定定地看着画在门上的一个女人的臀部。他的心剧烈地跳动着。最后，他打开门，丢给收银员一句“我打了一个电话”，然后回到了大厅。

杜尔丹已经坐到他的那张桌子边。他推开杜尔丹放在椅子上的雨衣。杜尔丹小声问道：

“不舒服？”

“什么呀？……没有。”

他们都不说话了。两人的友谊是很谨慎的那种，依然受孩童时的约定影响：不指责，不抱怨，尽可能少地诉说自己的痛苦和错误。从那个小小的脸色苍白的中学生，到让-卢克十二岁时认识的那个膝盖粗硬的小男孩，杜尔丹一直都保持着那种机灵、神秘和优雅的神情，他的手腕很细，那双忧郁的眼睛很难集中到跟他说话的那个人身上，就好像他打量了一下对方后，马上就把目光躲开了。

让-卢克把那片切开的火腿推到他面前。

“给。吃吧。想喝点东西吗？”

“越多越好。我一整天都在北站扛废铁。”

“为了那一个月八百块钱，你现在当起卡车司机来了？”

“偶尔做一下。”

“你给你叔叔写信了吗？”

杜尔丹属于洛林的工业家阶层，他的父亲死于一九一七年。一个家庭董事会负责管理那个建于一八三〇年的水晶玻璃器皿店，等塞尔日成年后必须归还给他。这个家庭董事会是由杜尔丹老爹所能找到的最聪明最正直的人组成的，在出发上前线之前把儿子的股权托付给他们。他们理智地、谨慎地、诚实地经营着这门生意，以至于它不但没有赶上繁荣的浪潮，反而从一九二八年起就开始渐渐衰败，到经济危机的前几个月就破产了。

杜尔丹把酒杯举到嘴边：

“我叔叔吗？……我都收到他的回信了。你等一下就知道，这非常有趣。他在浮日山脉里面有个织布工厂。是那种赚不了几个钱但很惬意的生意。你明白了吗？……工厂十五号开始变卖资产以偿还债务。他的两个女儿，一个四十二岁，一个四十五岁，在信的后面还附了文字，让我在巴黎随便给她们找个什么职位或者工作。你不觉得这很有趣吗？”

“有趣，这个词恰如其分。”让-卢克低声说道。

杜尔丹好像醉了，空腹喝酒使他脸部充血。他站起来跟邻座借火。由于疲劳，他走起路来踉踉跄跄的。

“你想过吗，纪德的那句话很快就要失去意义了，”让-卢克说道，“一个家庭，它使你厌烦，但好歹有个家在那里，可以帮助你，使你的社会地位得到提升，它是无价之宝……可我，我不知道什么是无价之宝……”

他说这些话的时候，声音干巴巴的，就好像他在努力克制自己，压抑自己的感情。这些话好像是经过字斟句酌的，为的是弱化思想的重要性，减少思想的影响力，但是，时不时地，一个很不相称的词，诸如“可怕的”、“恐怖的”等等，就像一个出口，一团隐藏着的火从那里窜出来。

杜尔丹和让-卢克之间的对话，常常会使用一些名言引出个人的私事，就像把一块用于书写和阅读密码文件的镂空纸版放在文字上一样，这些文字的意思只有他们自己知道。杜尔丹明白让-卢克是在想自己的父亲，那个快要死去的父亲，他不能从父亲那里得到任何帮助和安慰。他低下头，让-卢克知道他已经明白自己所说的话。

“女孩子，”让-卢克突然痛苦地说，“只有女孩子是幸福的。自由自在，荒淫无度，一门心思追求肉体享受。‘没有危险、毫不担心的’爱情。几代人中她们第一次享受到这种自由。你看看她们。她们多么漂亮，多么风光，看上去是多么幸福……而我们呢？……你看看我们。看看我们周围。我们漂亮吗，嗯？”

“你说的是富家小姐……”

“我说的是其中的一个，”让-卢克说着把头扭到了一边，“你知道我想说的是谁。”他说得更小声了，而且费了很大的劲，“你跟我说过……她要结婚……是真的吗？……”

“是真的。”杜尔丹小声说道。

“你是怎么知道的？”

“那好吧！”杜尔丹说道，“我认识一个女孩……她名叫玛丽·贝朗热，她知道爱蒂·撒拉，更确切地说，她以前认识她。这个玛丽·贝朗热和丈夫分居了，是在几年前。分居后，她就没再见过撒拉那家人，他们是她丈夫的远房亲戚，但她从前的一个朋友还跟她有来往，那个朋友说你的那个爱蒂要嫁给贝特朗·博罗歇。你知道这个名字吗？博罗歇家族。大财团，非常庞大的财团。所以我就知道了这个事。告诉我，这个女孩，你和她睡过吗？”

“没有。”

“没有？……你怎么犯这样的错误！应该利用她。这才是最最重要的。”

“这才是最重要的。”让-卢克重复道。

“你想过吗，在说到女孩子时，‘年轻女子’这个词废弃不用却只说‘女子’[1]，是具有征兆性的。‘女子’，另外还有‘婆娘’，她们就值这个价……但我们会喜欢上她们中间的一些人，我不知道是为什么……就像这个玛丽·贝朗热……”

杜尔丹没有往下说。他把烟头放到空盘子里轻轻地掐灭，然后突然说道：

“我需要钱。我太需要钱了。我不能让玛丽来我家，来那个住着北非人和皮条客的旅馆。我也不能去她家。她正准备离婚，为了得到一笔使她可以活下去的年金，离婚必须以她的丈夫有过错进行宣判。那是一个暴虐的疯子，如果他成功地证明她有个情人，她就会一无所有。我想要一间过得去的房子。我没有钱。可是也许有个办法……你说说，顾忌，你能告诉我什么是顾忌吗？”

“一个人完全蔑视别人，但他也明白对自己的责任和义务。”让-卢克说道。

“你这么认为吗？……也许吧……”

“什么办法？”

“啊！玩点文字游戏。”杜尔丹轻描淡写地说。

“造假？”

“差不多……但更复杂……”

“你得留点神。”让-卢克小声说道。

杜尔丹耸了耸肩膀。

“留神什么？……身败名裂吗，我无所谓！……要知道那会比现在这个样子幸福得多……你想过吗，假如我们生病了，出事

---

① 法语中 fille 有女子，也有妓女的意思。

故了，我们会怎么样吗？我们会活活饿死……”

“你醉了。”让-卢克说道。

杜尔丹好像清醒了。他费力地站了起来，拿起那件发绿的旧雨衣，揉成一团放到腋下，然后一语不发地走了。

剩下让-卢克独自一人。

五

夜深了。玩弹子的客人走了，接着离开的是玩扑克和桥牌的人，最后走的是下象棋的人。

只有一个人还坐在让-卢克对面，那是一个穿着浪漫诗人的黑斗篷的老头儿，绿岛的一位常客。他坐在那里睡着了，垂在胸前的是一张精致苍白的脸，脸上留着一圈黑色的大胡子。

让-卢克出神地盯着他，却好像并没有看见他，自己也没有动一下……去哪里呢？……秋天的夜晚如此不怀好意……当然还可以去维希纳……但是一想到青蛙的叫声和约瑟的酣声，他就厌恶得发抖。那栋房子太小了。兄弟俩睡在同一个房间里。此外，他最害怕的还是他父亲那惴惴不安的柔情……

最后，睡觉的老头醒了，离开了。让-卢克上楼回到自己的房间。

他这一整夜都很难受。他扑到床上，抱住枕头，死死地抱在胸前，就像在小时候那些非常难过的夜晚一样。她可真会玩他啊！他感到心如刀绞！……他咬牙切齿、怒不可遏地重复说："不，不，我不想受苦！"他使出年轻人的全部力量，带着愤怒、羞耻和蔑视，拒绝自己的痛苦，憎恨自己的痛苦。"我决不会为一个女人痛苦！……我拒绝为一个女人痛苦！我不想被世界上最低级、最可耻的东西降服，被爱的需要和顾影自怜打败！……啊！她想和我对着干……那好吧！我们走着瞧，我们看谁最厉害，"他大声说道，"我们走着瞧，我的小美人！……我会叫你欲哭无泪。你等着好了，要不了多久……你等着瞧……我将成为最强者！……我！……我！……我！……”

他自豪而又绝望地喊着“我”，就仿佛在向一个无形的神求助一样。无论如何，都必须挺住。他孤军奋战，世界上没有一个人能够帮助他。只能靠他自己，靠他自己的力量和意志。必须锤炼自己百折不挠的意志，要心狠手辣。他一字一顿、充满爱意地低声重复着“心狠手辣”几个字……这天夜里，自我力量的意识和必胜的信念在他身上诞生了。一个年轻人，有一个刚强的灵魂，当他第一次遭受痛苦的时候，他惊恐地发现它是如此强大，而他本人却是如此地不堪一击，但是他马上就会发现它和自己势均力敌，而不是像小时候那样力量悬殊，很快地他就可以骄傲地承受它，而不会变成弱者，不会因此而死去……他把痛苦叫出来，向它发出挑衅，向它挺起胸膛：“那么！来吧，打击我吧！……我不怕你！我不怕世界上的任何东西！……”

可是，他突然想起爱蒂的一句话，想起一个吻，惊恐地发现眼泪已经夺眶而出，就要在脸上流淌了。为了忍住眼泪，他的整个身体都在抽搐。不，他不会哭。他憎恨软弱。他想起他的父亲，父亲在送他去上学、即将开赴前线的时候哭了，当着他的面哭了，一点也不害臊。看着父亲泪流满面，他是多么怜悯他啊！怜悯！……他可不要任何人怜悯，他！……决不！

他站起来，跑到敞开的窗户边，使尽全身力气让窗框从手指上关过，把手指压在两扇窗扉之间，使劲压着。这么做在很短的时间里对于消除嫉妒和爱情是非常奏效的……他看着鲜血直流，满不在乎地点点头说：

“行啦……现在了结了。”他大声说道。

了结了？……不，还没有……可是很快……一点点耐心，一点点勇气……爱情，这一类的爱情，充满耻辱和仇恨，是一种可耻的感情。尤其是，不要去想它！……别再见她，哪怕她躺在他的两腿中间，主动投怀送抱，他都会拒绝，让她自重……“就让她嫁给她的那个博罗歇吧，”他气愤地想，“但她首先和我睡！……我发誓！……利用她，她就配这个，”他想起杜尔丹的那句话后小声说道，“先利用她，然后，让她见鬼去吧！……想去哪里就去哪里，爱干什么就干什么吧……但至少我要得到快乐，不上当，不上她的当，不上世界上任何人的当，也不要被我自己的心给欺骗了！……”

他觉得疲惫但很清醒，心里已接近平静。他站在敞开着的窗户边，看着屋顶和早晨烟雾缭绕、低矮灰蒙的天空。他对爱蒂的所有温情和渴望，还剩下什么呢？

他心想：“已经没有一丝一毫的柔情了……”是的，感情的事已经结束了，可能再也不会回来了。欲望还在持续，它更富有刺激性，更令人不安……等着瞧，会让它得到满足的……

六

撒拉一家住在大学路，不远处有一个小广场，广场上栽种了一些光秃秃的树。让-卢克坐在广场的一张凳子上，等了很长时间，却怎么都鼓不起勇气。那一天被确定为爱蒂订婚的日子，《费加罗报》前一天已经刊登了撒拉家举办酒会的启事。让-卢克想溜进那所房子，他还从未跨过那道门槛。他会跟着那批舞客、小伙伴和小白脸一起混进去，他会进去，会见到爱蒂。他必须进去。必须把她从那个博罗歇身边抢过来。必须第一个占有她。他对自己有这个义务。

天气阴沉、潮湿。他从一位朋友那里借了一套漂亮的衣服穿在身上，外面罩了一件不大合身的外衣，在这个季节也显得过于单薄了一些。他冷得直打哆嗦。他的两只手发麻，冻得像冰块一样。他已经在那里待了三个小时了。他看见花商扛着玫瑰花篮走了进去。他看见头一批汽车开到。他看着亮了灯的窗户。撒拉家的公寓在哪一层？爱蒂从来没有同意过在她家里接待他，而他觉得这根本就没什么……他甚至想都不去想。他所爱的这个女孩的家庭、她的房子跟他有什么关系呢？他心想：

“她觉得我做她的爱情替代品正好合适……”

时不时地，他站起来，穿过广场，一直走到邻近的河堤。像往常一样，水的气息、黑暗和街道上的沉闷的喧闹声使他的心平静了下来。他慢慢地走回广场的那张凳子，等待着。他决定在大批人群进去的时候，神不知鬼不觉地溜进去。最后，他大声说道：

“走！……”

每迈出一步都是何等艰难啊！他在马路边踌躇不前。汽车开过时，把泥浆都溅到了他的脸上。走到门边，他忽地停了下来。他是多么胆怯啊！他往后退了退，侧身贴着墙壁。他等待着……时间一分一秒地过去了，他还在那里等待着。等一下，就到七点钟了……等一下，就太晚了……他听见钟敲七下……汽车一辆接一辆都开走了。他还在那里等着。两个人出来的时候与他撞了个满怀。他突然想：

“假如他们说到撒拉一家的名字，我就进去。否则……”

刚想到这里，他就听到他们说到撒拉的名字，而且是大声说出来的，就在他身边，几乎是贴着他的耳朵说出来的。他走了进去。

他上楼了，才到二楼，就听见酒会低沉的喧哗声，脚步声、说话声和笑声交织在一起，他还从来没听到过这样的声音。读中学的时候形单影只，读大学的时候一贫如洗，他从未走进过一个全都是陌生人的沙龙。他怕得发抖。但他还是上去了。他咬紧牙关，心里只有一个念头：强迫自己往前走，面不改色，说话的声调也不要背叛自己。

他穿过一条长长的红走廊，然后是一个客厅。来的人可真多啊！……没有人留意他。他继续往前走，走着走着，突然看见了爱蒂。她也在同一个时刻掉转头，看见了他。他们互相看着，没有说话。他们的周围全是客人。可他还是压低声音说道：

“我想修复遗忘。你应该不会漏掉一个老朋友，忘记邀请他参加你的订婚礼吧？”

他用热辣辣的目光打量着她。爱蒂的脸上泛起了潮红，她脸上出现如此局促不安的表情，反而使他几乎平静了下来，在那张锈迹斑斑的凳子上，在那条黑黢黢的大街上，那个酝酿、琢磨、加工了很久的句子，脱口而出的时候还是那么激动、那么惶恐，却被他完完整整地说完，而脸上的肌肉都没动一下。他很快就呼吸顺畅了：他终于控制住了自己！他再也不会惧怕世界上的任何东西了！她三跨两步地走到他的身边，目光撇到一边，小声说道：

“走吧！我不能在这里跟你说话。走！……我会去找你的，我发誓！”

“你害怕了？你有什么好怕的呢？你疯了吗？你以为我是来哭鼻子的吗？你以为我在使苦肉计吗？你怎么会这么想我呢？”

他俩都不说话了，两个人都气喘吁吁，脸色苍白。但他首先恢复了镇静：

“把我介绍给你的母亲。”他低声吩咐。

她好像在犹豫，然后把他领到一个五十来岁、头发花白的妇人身边。那妇人耳朵上挂着珍珠，穿着一条粉红色的长裙，头上戴着一顶奇怪的包裹状的帽子，看上去就像一九一〇年或者一九一二年的一幅老照片。她个头很高，脸上带着身材高大的女人常有的那种羞涩。她低着头，缩着脖子，身子前倾，仿佛很想让人忘记她的身高。她的脸上风韵犹存。她朝让-卢克微微一笑，两只黑色的眼眸闪着温柔的亮光：“你能来真是太好了……”她拉着他的手，友好真诚地看着他，低声说道。

让-卢克后面，另外一个小伙子走过来向她致意。她拉着他的手，用同样的微笑，说着同样的话语。一个年轻女孩抓住爱蒂的胳膊问：

"我们去你房间吗？……"

让-卢克跟在她们后面。他们穿过客厅，上了一个狭窄的螺旋形楼梯。让-卢克走进去的那间卧室又小又暗，一张大沙发占去了房间一半的面积。一些男孩女孩躺在那里。一个男孩子把手放在开关上，一旦听见有脚步声便把电灯打开。

让-卢克靠在墙上。打火机的亮光照亮了一个陌生男孩的面孔，一个又黑又滑的女人的小脑袋。没有人在意他。他听见他们说笑，他们的说话声很嘈杂、很小声，说到名字的那些人他都不认识，对一些事情的含沙射影他也懵懂不知。他与他们是两个世界的人，与他们隔着距离。他过去了。不会有人注意到他。他们显得那么无忧无虑，那么快乐幸福……

有人说了好几次"博罗歇……博罗歇……"。

一个男人的声音，一个非常年轻的声音，用做作的、开玩笑的腔调应着。让-卢克觉得非常好奇。他摸索着把灯打开，博罗歇坐在爱蒂旁边。这个博罗歇看上去和让-卢克年龄差不多，长着一张瘦长苍白的脸，头发又黑又密，酷似一顶帽子……他显得多么气定神闲、不可一世、志得意满啊！……他拥有仿佛饰有光轮一般的神圣的天赋，就是那种安全感。让-卢克知道博罗歇的财富远不只是巨大，它与欧洲的政治经济结构联系得那么紧密，以至于任何战争、任何社会动荡都不能使它受到损害。它可能被动用，可能会减少，但却永远也不会消失，永远也不会遵循普通的命运。没有任何事情能够把这个年轻人变成像其他人一样的小伙子，像让-卢克一样的小伙子，对让-卢克他们来说，每天的面包片才是最重要的。

一只手重新把灯关掉。让-卢克把双臂紧紧地抱在胸前，感觉心脏受压迫后，心在疯狂地跳动。傻瓜，双料的傻瓜！……两年来，他一直勇敢地、坚忍不拔地把自己的生活描绘成某种图画，赋予生活一种情调，一种形式，一直到把这种肮脏、艰难、捉襟见肘的生活涂上了某种艺术色彩。他想象要找一个吉拉杜笔下的女孩，“拉辛笔下的公主”，一个矜持而又纯洁、只属于他的爱人……他没有把爱蒂变成自己的情妇真的是出奇的笨啊！……“只有这样才能把她套牢，”他突然想，“这些女孩尝试过肉体之爱后，对她们来说，别的事就都无关紧要了……”他听见她在笑。这压低了的性感的笑，他还从未听见过吧？……

她距离他也就两步之遥，几乎是躺在博罗歇的怀里。突然，他一个箭步冲到她的身边，在黑暗中抓住她的手，用力地握着。他发觉她在犹豫，手在往后缩，而后那只温暖的手乖乖地顺从他自己的手了。自信才是至高无上的灵丹妙药！……一股热血涌到了他的脸上。他的心跳平息了下来。

后来，当博罗歇站起来走了之后，让-卢克轻轻地抓住了她的手腕。她顺从了，跟他待在了一起。她低声问道：

“你还想再见到我吗？”

“是的。”他低声答道。

她站起来，把他带出了房间。他们俩站在黑暗的楼梯上，她悄悄地把他们身后的门关上了。

“当然啦，”她说道，“另外那个……那个贝特朗……跟他在一起不是因为爱情……”

“不是爱情，那是因为什么？……因为钱吗？”

他俩紧紧地搂在一起，任何一丝声音都吓得他们直发抖，他们几乎是嘴巴对着嘴巴说话：

“啊！走吧！……走吧！……我好害怕……”

“害怕博罗歇吗？”

“不！……害怕我父亲，特别是……如果他知道，如果他怀疑……”

“啊！我可不在乎你的父亲！……我想知道！……这个博罗歇！可你不是有钱吗，你？……你不需要这样……”

“你不明白……这牵涉到某种社会地位，某种生活水准……找丈夫的话，必须找一个事业有成的人，而不是像你这样一个毛孩子，所有的一切都得从头开始！我没有耐心，我……”她一边说一边把他推开。

“也没有信心。我明白。”他轻轻地说。

“可我还是喜欢你！……我没有撒谎，我向你发誓，我喜欢你。所以，我们还会再见面，你愿意吗？贝特朗要走了。他父亲派他到美国去两个月，我不清楚有什么事务……我将会一个人待着，自由自在，直到……”

她沉默了。

“直到结婚，毫无疑问？”

“噢，是的……还能怎么样呢？……我的婚姻并不能妨碍我什么。你听着，你现在就走。到时候你再回来。回到这里。我让人邀请你到我的朋友家里。我们还像从前一样见面，比从前更方便。那非常简单……”

“太简单了。”他从牙齿缝里挤出一句话来。

他拉起爱蒂的手，突然把她一把拉过来，把她的乳房抓在手里，就像一只准备榨汁的水果一样。这种粗鲁的爱抚使爱蒂轻轻地叫了一声：

“粗人！……你疯了吗？……”她喃喃道。

但她马上就心软了，用胳膊搂住他的脖子，用沙哑低沉的声音温柔地说：

“我真的好喜欢你！”

门打开了。她一个箭步跳上楼，他也走了。他无不苦涩地想：

“对付一个女人，很容易嘛……”

七

博罗歇走后的那几个星期里，让-卢克经常与爱蒂约会，有时候是在她这个朋友家里，有时候是在她那个朋友家，有时候则是在她自己家里。一开始，他的眼里只有爱蒂，他周围的世界已经不复存在。即使是最智慧超群的孩子，也不可能一下子就能与成年人平起平坐。那些老人，他对他们是视而不见的，他同样是带着漠然和蔑视的态度融入到他们中间的。在他看来，他们有着同样的习惯性的动作、同样的着装、同样的神情。他们居住在一个远离他的世界里。于是，对老人而言，年轻一代形成了一个模糊不清的群体，在这个群体当中，只有他们的孩子才比较突出。

他被引荐给撒拉，但过了没多久，他就想不起撒拉长的什么模样了。他认识了撒拉的朋友卡里克特-兰昆，兰昆在最近掌权的葛莱兹的内阁中担任财政部长。兰昆还很年轻，个子比较矮，肌肉结实，一头黑发在前额上梳成拿破仑那样的发绺，双目炯炯有神，就好像它们只会映照出外面的世界，而决不会暴露自己内心世界里的任何秘密一样。他想到自己对年轻一代来说是权力的代表，所以当别人向他介绍一些他不认识的年轻人时，他会用身居高位者那种冷漠无神的目光，默默地打量他们片刻。但很快，他天生的和善就占了上风，或者不如说是选举会议中的习惯使然……他的脸上漾起了一道迷人的微笑；他一面微笑，一面腆起肚子，仿佛他期待别人走过去拍拍它一样。

这个兰昆，这个撒拉，还有这个雷苏尔——兰昆在议会中的对手，但他们都一起来参加撒拉家的晚宴，并且互相以“你”相称，正是他们这些人掌握了国家财富的分配权，是他们把守着通往自由、金钱、权力的大门。他们拥有的正是让-卢克从来没有过的东西：关系网。如此至关重要的事情，却只冠上一个如此渺小的名称！……他们知道所有的口令，所有的关键词……对他们来说，世上无难事，一切困难都可以排除，缓和，迎刃而解。取悦兰昆、雷苏尔和撒拉可以为让-卢克省去许多年的等待和徒劳的卑躬屈膝。当他离开爱蒂、离开舞会之后走到大街上，回到暗无天日的绿岛，他就开始想念这些人了……当然啦，他们并不知道他，他是从小门进入到他们家里的，而这扇门是专门留给年轻人的……屋子里有一片空间是用来嬉戏，或者玩爱情游戏的……在那里他更容易被接纳。女孩子们见到他都很高兴，因为他长相英俊，而且被另外一个女孩爱着，小伙子们对他也一视同仁。但那些严肃的事情，那种真正的金钱交易、行贿受贿的事情都发生在他的身边，却又与他咫尺天涯。一段时间被爱情遏制了的雄心壮志又开始在他身上勃发。这种把自己的希望寄托于世界，把“我”说出口的合情合理的愿望，也算是雄心壮志吗？……一条生命来到人世间就拥有牙齿、爪子和肌肉。他需要抓东西。他需要用牙齿咬东西，需要吃东西……在他的周围，却什么也没有。

于是，他想到了和爱蒂结婚，当然这并不是他曾经设想过的，她和他患难与共，她把他视为全部幸福和安逸的源泉的那种婚姻……他所设想的那种婚姻不过是孩子般的美梦而已。他想，生活太艰辛，是不允许年轻人的激情持续太长时间的。假如他娶了爱蒂·撒拉，假如利用她，会怎么样呢？……“财和权，”有一天他对杜尔丹说，“是野心家的两只乳房。”“可是有一只已经有一半枯竭，”杜尔丹回答道，“因为现在是著名的金融崩溃的时代。”是的，金钱是稍瞬即逝、昙花一现的东西。他不会只为金钱卖命，除了钱之外还有别的东西……他娶一个女孩不只是为了得到她的可观的嫁妆，就像二十或五十年前一个身无分文的穷小子所做的那样。他所要寻找的是某个世界，接近权力、掌握权力，金钱倒在其次……必须亲自了解组成那个世界的那些人。必须深入透彻地了解他们，直到属于他们的社会象征消失不见，而只见他们的真实面目。必须在他们放松的时候、虚弱的时候，走到他们身边去看他们，才能学到游戏规则，成功越过最初的藩篱，学会利用他们，就像他将利用爱蒂一样……他对爱蒂的感情中，既有欲望又有愤怒。他们的身体和谐地交融在一起，但他们是敌对的双方。他们都想当最强者和最聪明者，两个人都想欺骗对方，两个人从今往后都会拒绝为爱懊悔，拒绝低三下四地爱着对方。

这时，杜尔丹租了一个房间，与情妇在那里约会。他没告诉让-卢克他是怎么弄到钱的，但当他了解到“撒拉大冒险”——他们两个人都这么称呼——的细节后，会每周腾出房间给让-卢克用几个晚上。一天夜里，让-卢克终于把爱蒂带到了那个房间。

夜已深，都快接近凌晨了。他们一起到外面跳舞，然后开着爱蒂的汽车回来。他们都很疲惫。这是一个气候非常温和的一月份，一个让人迷惑的春天。让-卢克手里攥着那个房间的钥匙，跟自己打赌，在天亮之前，他将变成爱蒂的情人。他柔声说道：

“现在，你跟我一起来。”

她耸了耸肩膀：

“去你租住的屋子吗？”

“随便什么地方……你待会儿就知道了……”

“不去。”

“啊！我就知道你没那个胆！你害怕了，害怕我，尤其是害怕你自己，因为你想要我，因为我再也不是你从前认识的那个温顺的小男孩了……因为你害怕爱我……”

他紧靠着她，对着她的耳朵说了这番话，他看见她那漂亮性感的嘴唇因为欲望而瑟瑟发抖。

“来吧，我想要。”他终于说道。

杜尔丹在左岸的一栋老房子里租了一间房子。让-卢克还从未去过那里。那个房间很大，有点暗，床铺隐藏在凹室里。让-卢克打开了床头灯，灯光朦胧地照亮了旧地板、桃花心木家具和一个小壁炉，木柴已经准备好。房间里静极了。透过窗户可以看见屋顶上已经发亮的天空。

让-卢克拉上窗帘。他们生起火来，在一张小沙发上坐了片刻，沙发在黑暗中轻轻地发出嘎吱声。

让-卢克喃喃道：

“你以为你需要钱，或者一定的生活水准才会幸福，就像你说过的……但你并不了解你自己。可我，我，我了解你。你爱的是爱情。而眼下，不管你愿意不愿意，你的爱是我，因为你想要我，因为你喜欢我……”

她默默不语，任由他疯狂地揉捏胁部和乳房。她吃惊地发现，这个她以为对自己俯首帖耳的孩子实际上是个成年人，像主子一样对她发号施令。

火不是很旺，发出低沉的劈啪声，突然它烧着了一张可能是前一天丢进灰烬里的纸，升起了一道明亮的火光，借着火光，让-卢克看见放在壁炉上的一小幅女人的照片。那可能是玛丽·贝朗热吧，他心想，是杜尔丹的情妇。她长着一副纤细的面孔，略略有些长的稀疏的头发，一个大天使的发型，一张嘴角下垂的嘴巴……他把爱蒂拥在怀里，凝视着那幅照片……之后那片火光暗下来了。房间重新陷入黑暗之中，只有床头灯把床单照亮。

爱蒂成了他的情妇之后，他突然看见她哭了。他激动不已。他轻轻地托起她的脸：

“为什么，爱蒂？……你为什么哭了？……”

她摇摇头，没有回答。可是，不一会儿，她主动投进了他的怀抱，而这一次她已经尝到了鱼水之欢，心头所有的恐惧和忧愁全都一扫而光。

八

只需一个小时就足以让爱蒂学会享受肉体快乐，可以预见从今往后那将是她全部幸福的源泉，她永远也不想了解别的东西。

在接下来的那个月里，她常常和让-卢克一起去杜尔丹的房间。让-卢克的身体一直有着强烈而又说不清道不明的诱惑力，并醉心于主宰别人。他为自己拥有可以使她欲死欲仙的能力感到陶醉。做爱之后，在爱蒂的表情和动作中有一种安宁，对此他不可能无动于衷。从投入他怀抱的那副热烘烘的胴体中，仿佛升起了一团火。他既感到自豪又感到耻辱，当然是那种令人陶醉的男子汉的自豪，但一想到他的爱恋和柔情，好不容易才萌生出来，对爱蒂却没有一丝一毫的触动，想到她只爱他带给她的肉体快乐，他就感到无地自容。啊！她多不像自己的梦中情人啊……也就是一个俗气的女孩，一个小婆娘而已……她以为自己爱他，因为她还非常年轻，因为他是她的第一个情人，可是要不了多久她就会发现，世界上任何一个小伙子，只要他年轻，只要他身强体壮，都可以丝毫不差地带给她同样质量的肉体快乐。

让-卢克玩世不恭地想：

“在她发现这一点之前赶快下手……”

当她觉得快乐的时候，就会阖上眼帘，紧紧地依偎着他，靠在他的身边，他感觉到她的全身都在发抖，直至纤细弯曲的脚趾。可是他呢，做完爱后，只感觉到满腹的忧伤和破灭的幻想，这种幻灭隐藏在爱抚之中，就像一枚果子苦涩的心一样。

而此时此刻，在维希纳，到处都是死亡的气息和大难临头的恐慌。洛朗·达格尔纳的病情加重，对家里人来说，死神却姗姗来迟。他们虽然爱他，但他已经一无所有，于是他们身不由己地盘算起那笔也许可以使他们活下去的人寿保险来。达格尔纳一直受着病痛的折磨，却总拖着不死。他只是一个影子，一丝气息，一副了无生气的肉身，但他就是不死。吃药、缴税，偿还那些逼得很紧的债，随时都要用到钱。

杜尔丹借了让-卢克一笔钱，却只够一个星期的开销。他们老早就已经把银餐具、玛蒂尔德留下的一些小珠宝首饰都卖掉了。让-卢克和他的继母暂时达成和解，就像不幸发生前大家都会齐心协力一样，这种因为神经紧张和极度敏感而达成的和解，一旦不幸过去了就会马上停止。他们俩一起在家里翻箱倒柜地寻找那些可以拿到外面去换几个钱回来的玩意儿，但家里已经没有任何值钱的东西了。让-卢克每次回来，都要带些东西走，有时是一个画框，有时候是一本书，拿到巴黎去卖，第二天拿几块钱回来。洛朗·达格尔纳什么都看不见，也许是装作什么也看不见。他的身体已经消耗殆尽，再也承受不住丝毫的忧虑，陷入了极度的漠不关心的状态中，让别人去白忙活。他听着玛蒂尔德和儿子在那里嘀嘀咕咕，什么也不问，任由他们伺候、料理。有的时候，他以病人或老人的那种几乎察觉不出的嘲笑神情打量着让-卢克，仿佛在说：

"现在轮到你了！……至于我，我的朋友们，我终于可以歇歇了。"那两只颤巍巍的枯槁的手重新拿起暂时放下的书，在书中他才能找到配得上他的智慧。

有一天，家里只剩下两个银烛台，它们曾经是第一任达格尔纳太太的梳妆台上的装饰品，而其他的小瓶子、盒子和梳子早就不知去向了。在弥漫着潮味和硝石味的阴暗小前厅里，玛蒂尔德用报纸把两只沉甸甸的烛台包好，放到让-卢克的腋下。然后，她开始哭了起来，也许是在恨第一个女人过的都是好日子。让-卢克轻轻地抚着她的脸，她在他的怀里靠了一会儿，任由眼泪往下流淌。

“啊！我的孩子……现在，除了你，我没有别的指望了……约瑟还只是个孩子……我们将来的日子该怎么过啊？”

到巴黎后，让-卢克开始一家接一家商店地推销他的烛台，它们把包在外面的报纸磨破了，而且非常沉，让-卢克得经常换手。他并不把这件苦差事太当回事。这些个老古董对他没有丝毫的触动。他的亲生母亲，他几乎想不起来了，而且无论如何，母亲的形象与这两个他一直都觉得可怕的烛台没有任何联系。烛台上镶嵌着爱神、鲜花和箭袋。他希望别人尽可能快地把它熔掉，拿到几百法郎。他沿着圣日耳曼大街往前走，在绵绵细雨中搜寻着银器店的招牌，在这个街区到处都是。迎面就有一个，货架上乱七八糟地堆放着各种银器、一尊圣像和一批切甜点的刀具。

“先生，您对这烛台感兴趣吗？”

“不。”

“想不想看一下？”

“我说过了不想看。”

那好吧。对另一位店主：

“太太，我想卖……”

女店主脸上的微笑马上收起来了。

“……这两个银烛台。”

“现在我们什么也不收。”

再换一家。再换另外一家。一扇微微开启的门，示意把包裹打开。不要啊？晚安。他开始继续往前走，雨还在下。街边一棵棵漂亮的树，它们的叶子在春天的暴风雨中掉得精光。渐渐地，一股倦怠向他袭来，这不只是来自身体和因为烛台的重量而变得沉甸甸的胳膊……然而，他得适应这一点。这难道不是他的职业吗？他不是一直在推销谁都不要的劣货？……不是一直在推销肥皂、焊料、拉鲁斯词典、吸尘器、收音机、他的青春、精神和力气吗？……推销……却一无所获……

现在，他走在遍布在圣日耳曼大街周围的小街小巷里，挨家挨户地敲门，有不少店铺矮矮的，被灯光照亮的玻璃上写着白色的立体字："出售。现款收购金银器。"但他的两只烛台谁也不感兴趣，要不就是别人出的价实在是太低。然后，他继续往前走。

最后，到了六点钟了，他才想起爱蒂要在杜尔丹的屋子里等他。他慢慢地上了楼梯，走了进去。她已经到了。他在炉火边坐了下来，试着把冷冰冰的手指烤暖。先前雨水流进了他的脖子，浸湿了他的衣服和鞋底。他冷得发抖。他已经把那包东西丢在地上，包裹散开了。她问道：

"那是什么东西？"

"给我父亲的礼物。"

他把手慢慢地放到她的脸上。他都快要累垮了……她则靠他站着，微笑着喃喃道：

"来吧……我们一起来……"

上床。她来那里只是为了上床……他气愤地把她推到床边。他的心中已经没有了爱情，只是想让她屈服，并利用她，就像她利用他以便得到肉体快乐一样。他俩在床上躺了下来，两人靠得那么近，赤裸的身体连在一起，天衣无缝，不再有界限，两条腿也纠缠在一起，两个人如此紧密相连，却又咫尺天涯……他像搭脚手架一样搭起他的生活、他的梦想，她却享受着肉体快乐得到满足后的甜蜜的宁静。

不管付出什么代价，他都要成为她的丈夫。不管付出什么代价，都必须让她放弃博罗歇。而为了实现这个目的，他只有一个办法。他向她转过来，再次把她抱住。过了片刻后，她压低声音说道：

“不行，不行，小心点……”

“为什么？”

“我害怕，让-卢克……”

“你害怕有孩子？……咳！那又有什么关系？”

“我不想……”

他用更低的声音说道：

“你不会嫁给博罗歇。你要嫁给我，明白吗？你要嫁给我，我！”

她靠在枕头上，久久地凝视着他，捋开垂在他脸上的散乱的头发：

“你知道你对我享有一切权利……你在滥用它。但你并不爱我……”

“那你呢？”他柔声问道。

她没有回答。她突然往后倒了下去，欲死欲仙，也百依百顺了，但不是依顺他，而是驻扎在他心中的那个魔鬼。

九

五月初，让-卢克终于收到一封签有阿贝尔·撒拉的一位秘书名字的信。他是多么盼望这封信啊！

“阿贝尔·撒拉先生与您有要事相谈，请您务必于礼拜一上午十一时莅临他的办公室。”

爱蒂终于跟她的父亲说了他俩的事！前不久，她给贝特朗·博罗歇写了封信，宣布取消他们的婚约。差不多两个月了，她知道自己有孕在身。明天，让-卢克就要直接面对撒拉了。终于，终于，他终于要投入战斗了，要行动了，要战胜——不是战胜女人，一个女人也太容易征服了：一些爱抚，一副不知疲倦的身体，一颗若即若离的心，除此之外就不需要别的了——一个男人，那男人是他的一个劲敌。他反复读着那封信，就像看一封情书一样。他感觉到那种心花怒放的激动，那些生来就是为了行动的男人，当他们终于摆脱梦想的时候，他们会如此激动不已。这么多日子以来，他除了梦想，还做了别的什么吗？……

那是一个礼拜天，一个天寒地冻的冬天里的一个冷飕飕的下午。像往常一样，他去了维希纳。在花园里，约瑟种的几棵花已经被冻死了。只有那棵瘦弱的丁香花在寒风中争相怒放，但叶子却被吹光了。叶子掉在那个仿大理石坛子里面，让-卢克发现石坛总是盛着雨水和枯叶。他缓缓地围绕屋子转着圈，等着父亲下楼来。一听到儿子要回来，洛朗·达格尔纳就在客厅里步履艰难地挪着步子。对让-卢克有什么好担忧的？他留给儿子的将只会有在疾病或者死亡面前表现出的某种勇气的回忆，一个不是屈服——谁又真正地屈服过呢——而是沉默、宁静和接受的回忆。他坐在床上，没有力气把睡袍上的腰带系紧，只是轻轻地喘气。

让-卢克走在楼下的小路上。约瑟挖过花园里的土地，他最近对园艺很着迷。让-卢克爱恨交加地看着这所房子和花园。这层厚实的杉树帷幕，在雨水中闪闪发光的砖块，那是他过去最熟悉的生活场景，沉重而又短促。就像他每次所做的一样，他抬起眼睛看着那些彩绘玻璃，镶嵌在两层楼的两端，而这两层楼，拉高后变得细长，屋顶上还装有小钟楼，就像墓地中的小教堂。四扇玻璃都是油漆过的，一块漆成绿色，一块漆成黄色，第三块漆成红色，第四块，也就是杂物间的那一块是深蓝色，蓝得都快成黑色了。小时候，让-卢克常常轮流地透过每一块玻璃看花园，母亲把他抱在怀里，说道：

“这是春天的早晨，这是明媚的夏日，这是秋天的傍晚，”然后指着第四块黑乎乎的玻璃对他说，“这是冬天的夜晚。”

他依然能听见这些话语，但是母亲的声音不见了，还有她的面容……成了一个被遗忘吞没的影子。

他的继母敲着其中的一扇窗户叫他。他走进客厅，洛朗·达格尔纳正在那里等他。摆脱了白色的衬衫和白色的枕头，他显得没那么苍白了。让-卢克问道：

“你睡得还好吗？”

“一点也不差。”

“你感觉怎么样？”

“你知道，一天不比一天，但好了蛮多。你别担心，好了蛮多……”

他们都不说话了。让-卢克已经对这种无边的寂静感到麻木了，一段时间以来，这种寂静自然而然就在他父亲的身边形成了。这已经是一种非常可怕的寂静，坟墓里的那种寂静。这个年轻人还从来没有像现在这样清晰地听见过挂钟的声音。钟摆缓慢的摆动声充满了大厅，占据了整个房间……啊！多么应该抓紧时间活啊！

“孩子，你呢？”

“我吗？”

“对呀。”

“爸爸，我很快就要结婚了，只要……我脑子里盘算的一些计划成功的话。”

洛朗·达格尔纳轻轻地举起他颤抖的手，示意让-卢克到他身边。让-卢克微微一笑：

“这事让你吃惊吗？……怎么会？……你是不是觉得我太年轻了？……”

“这年月，一个人生活太艰难了，”达格尔纳低声说道，“需要许许多多的勇气，许许多多的爱……”

“我的未婚妻特别的有钱。她是阿贝尔·撒拉的女儿。那是人们所说的良缘。你别担心。”

“可你爱她吗？”

“当然了。”让-卢克冷冷地说。

他站起来，走到窗户边，掀起窗帘的一角；雨水在窗户玻璃上流淌，就像大颗的泪珠。他能让父亲明白他所追求的并不是金钱，而是进入一个独霸世界财富的世界吗？父亲怎么可能赞成他这么做呢？……在父亲那个时代，成功靠的是工作和机遇。工作很好找。可让-卢克，自从他成人之后还做了别的什么吗？……

每个人生下来都带有一丁点运气的。但是到了这年月，仅靠运气还远远不够。撒拉的世界，金融和政界，那是唯一还有可能使他在里面一步登天的世界，一个不会萧条的世界，他可以在这个世界里采取行动，实现自己的远大目标。因为，除此之外，还有什么呢？……什么地方都找不到工作，什么都不可能，并不过分的升迁的愿望、实现最自然而然的心愿都没有希望，都不可能。他拼命地节衣缩食，才拿到了几张文凭，岂知文凭的分量只是按照那张印了几个字的薄纸的重量来衡量。这就是生活给予他的全部。

他大声说道：

“我向你承认，这件事中智谋的成分要多过爱情。”

洛朗·达格尔纳摇了摇头：

“你还年轻。要留神。”

“我是很年轻。但我觉得自己老了。”

“是这样的，就是这么回事……在你这个年纪，只要寻求快乐和年轻的激情就可以了。野心、盘算，那是晚些时候的事。不应该……不能揠苗助长……”

让-卢克微微一笑：

“我没有选择。”

“我知道，”父亲语调里充满了担忧和羞耻，别人一谈到这个时代，他马上就采用这种语调，仿佛他对儿子身处这样的时代要负责一样，“我知道，这不是你的过错，但做这种事相当危险。不应该扼杀自己的青春。它会报复的。野心、盘算，那是成熟男子热衷的事情。当我们的人生刚开始的时候，好像都得经历这么一个弱小、盲目、疯狂的时期，这是一个必经的阶段。然后，你就会……”

让-卢克喃喃道：

“是的，你所说的都是对的，可是……”

何必费尽口舌去解释呢？人生抽象的那一面对老人才有意义。而对让-卢克来说，他可不允许自己拥有那种从高处俯瞰生活的奢侈。他必须残酷斗争，从别人那里抢到面包、自尊心的满足和物质财富。他把从父亲膝盖上滑下来的被单拉好，轻轻地吻了一下他的前额。他就像对一个孩子一样对他说：

“你一直说啊，说啊……你已经累了……”

“我累了。”达格尔纳谦恭地承认。

不一会儿，他就睡着了。让-卢克只是在吃完晚饭的时候再瞅了他几眼。第二天一大早，他就走了。离开父亲的时候，他并不激动。然而，达格尔纳几个小时之后可能就要死了。

十

火车在清晨笼罩着乳白色浓雾的乡村缓缓地行驶。在三等车厢里，窗户是紧闭着的，乘客呼出的气息和烟雾给车厢里面蒙上一层厚厚的雾气，世界就好像封闭和窒息了一样。

让-卢克时不时地用手擦一下玻璃，看着窗外，但他偶尔才能看到一棵树从斜坡边上冒出来，树上的雨水闪着亮光，除此之外，什么也看不见。

车轮每转一圈，让-卢克离自己的家就更远一些……那个阴森可怖的绿色的维希纳，那栋惨不忍睹的楼房，那幅死气沉沉的、破产失败的景象，他是多么恨那个地方啊！……失败，这是他永远也忍受不了的东西！……那种失败的气息，他只是在爱蒂欺骗他的时候，才体会过一次；那个时候，他还爱着她，但它只是像电流一样刺激了他一下，却并没有把他打垮。对于失败，他只接受其中的教训。他只想看见自己从地上爬起来，东山再起。然而，有一些失败是决定性的，无药可救的。他的父亲……想起来都觉得可怕！……啊！尽快把它忘记，一心一意只想未来和成功吧！……他已经急不可耐了。这列火车开得多慢啊！它每一个车站都停靠，没完没了。让-卢克走到过道上，把脸贴到冷冰冰的车窗玻璃上，慢慢地握紧了拳头。终于熬出头了，终于熬出头了！……平生第一次，他觉得自己是自己生活的主宰，他觉得自己把它带到了某一个转折点，在这个转折点上命运必然会重视他，重视他的意愿！……他必须把生活从那么多试图把它夺走的凶猛的敌人那里拯救出来，从贫困、耻辱和气馁中拯救出来，保护它不受别人和自己的侵害。

“总之，”他心想，“只能是这么回事，自我保护的本能。因为，如果别人问我：‘你想要什么？……快乐吗？……’不，肯定不是这个……但我想要得到别人拒绝给我的东西，那便是我生活的权利！我不想再等了，不想再在一扇紧闭的大门前原地踏步。我想生存，活下去，说出‘我’这个字！”

他摸着口袋里撒拉寄来的那封信，还从未像这样摸过一封信，即使是在他爱着爱蒂的那些最痛苦的日子里，他也没有这样抚摸过她的一封信。感觉到生活触手可及是一件多么快乐的事情啊！……再过不到一个小时，他就会身处撒拉的办公室……没有任何东西能阻挡他。他会毫不退缩地坦白他和爱蒂的关系，还有肚子里的那个孩子……他“以自己的名誉”做担保，这是他青少年时期的最后一个回声。他有点迷信。最让他觉得高兴的是，他想到自己的愿望这么快就实现了，而且他刚有了念头，孩子就怀上了，这个孩子撒拉老爹一定会接受的，爱蒂已经接受了……

“这是她给我的最大的爱的证明：没有企图弄掉孩子。”

撒拉会说什么呢？……他会拒绝给钱吗？……很有可能。但他不仅不会真的让自己的女儿在让-卢克的身边饿死，而且还会以这门婚姻将让-卢克带到一个他希望进入的世界。无意之间，他的拳头攥得紧紧的。他会迫使阿贝尔·撒拉重视他，让-卢克·达格尔纳，鞋底都破了洞的穷孩子……平生第一次，他根据一个男人的力量和愿望来决定自己该使用的力量。

火车停了下来。一些妇女大包小包、拖儿带女地上了火车，还带着大束大束香喷喷、湿漉漉的丁香花。女人们走过的时候，都会向这个光着脑袋、头发散乱地落到前额上、站在堆满行李的过道上的小伙子投来微笑，这个小伙子带着天真的傲慢，扬起他冷峻美丽、一脸兴奋的面庞。

火车终于接近巴黎了。雾慢慢地升起来，露出了黑乎乎的烟囱和塞纳河上的桥梁。终于，到巴黎了。

十一

撒拉银行不是让-卢克想象中的那种高楼大厦，倒更像是一幢又老又暗的特别的饭店。

他差不多刚到银行就被领到了撒拉的办公室，那房间装了细木护壁板，天花板出奇的高，一大块退了颜色的红色幕布拉在窗户前，挡住了阳光。

让-卢克看了一眼坐在办公桌后面、一语不发地看着他走过来的阿贝尔·撒拉。让-卢克以前在撒拉家吵吵嚷嚷的宴会上隐约见过撒拉，但已经记不得他的脸部轮廓了。撒拉相对地显得年轻，这让他很吃惊。以前，他一直把撒拉想成是一个老头子——“老撒拉”。撒拉显得年轻、消瘦，一头黑发，只有胡子是灰色的，而且很稀疏。他的脑门很高，向后倾斜着，鼻子很大很肥厚，鼻孔特别大。闪光的镜片遮住了他的目光。

撒拉首先开口说话：

“请坐。”

让-卢克默默地听从了他的吩咐。撒拉摘下眼镜，擦着镜片，然后把眼镜举起来，透过镜片看着他。他的眼睛很小，很深。让-卢克心想：“这就是明察秋毫的目光吗？……假如自己是撒拉银行里的小职员，拿每个月一千二百法郎的薪水，我会发现他那明察秋毫的目光吗？……”

他感觉好像有些失望。他想象中的撒拉的财富和权力与撒拉的外表反差如此之大……可是这盯着他的目光极其专注。这个人身上的哪个地方都知道如何保持沉默，不只是他的声音，还有他的神情，他的肌肉。可以想到，他经常把希望寄托在沉默上，寄托在不动声色、漫不经心上，以此制服最容易激动、更急于出手的对手。

他的声音很尖，但高声平稳准确，给人的印象是很紧张和虚弱，他竭力不把声音抬高，而是压住它，把它变成低语。所以，让-卢克一开始听到的就像是耳语。

“是这样。我女儿爱蒂跟我说你们俩有结婚的打算。在把这件事看得很严重之前，我觉得那是不可能的，所以我想见见您。您，难道不是一个出生于卑微家庭、既无工作又无任何职业的穷光蛋吗？”

“一点没错。”让-卢克说道。

“那么……您本人不觉得这个计划很荒唐吗？”

“您想叫我怎么做，先生？”

“很简单，承诺不再与我的女儿见面。”

“开什么玩笑……”让-卢克低声说道。

他终于达到目的了：激怒这个人，迫使他使出浑身解数。撒拉跳了起来，抬高了声调：

“说什么？”

“是的，先生，我不是来向您求婚的。爱蒂跟您说过我们有结婚的计划。您要明白，我们是经过深思熟虑的，把这个决定的所有办法、所有后果都考虑过了，包括会引起您极度的不快，可您要明白，您同不同意对我们来说都无关紧要。”

“我的钱对您来说并不是无关紧要的。您好好听着。我请您相信我，因为我觉得您非常有眼力，懂价识货。爱蒂没有个人财产。我想您早就知道。在我们家只有一个主人，那就是我。需要我的人都得服从我。我的女儿也会服从我。否则，她将一无所有。您听明白了吗？”

“您给不给钱，我们都要结婚。我从来也没有向爱蒂允诺过财富。要是我能养活她呢？自我读完中学之后，我就从未向任何人要过一分钱，却照样活了下来。穷困潦倒，我不否认，但我总能租得起一间房子，吃得饱肚子。我能养活一个人，肯定也能养活第二个人。必要的时候，我妻子也外出工作。您知道吗，在我来见您之前，我就没指望会听到您说别的话……但在我们这个年代，金钱是如此昙花一现、稍纵即逝，所以它对我们的命运不会有任何影响。”

“您真是个疯子！”撒拉尖声叫了起来，他没能把尖叫声压下去。

“这一定是他生气时最明显的症状，”让-卢克暗想，“我亵渎了金钱。”

但撒拉好像费了好大的劲才让自己安静下来。他的声音再一次变成了低语：

“我跟您再说一遍，我不想把这件事看得特别严重。我自己也年轻过。我知道年轻人会幻想什么，期待什么……可这件事……是不可能的……这是小孩子的异想天开。您不可能娶爱蒂。”

“我不可能不娶爱蒂，”让-卢克低声说道，“这是非常严肃的。”

“什么？”撒拉问道。

他微微站起身来。有那么片刻，两个男人一语不发地相互看着。让-卢克估计他会暴跳如雷，但他从未见过一个人的表情因为气愤而扭曲得如此突然、如此诡异。撒拉向他扑过去，抓住他的两只手，但他身材瘦小，仅能够到让-卢克的胸部；他自己可能也感觉到打斗是恶劣的、好笑的。于是他停了下来：

“她是……我女儿是您的情妇吗？”

“是的。”

“还有……有孩子了？……你们有个孩子要出生了？……小杂种……小讹诈者，可怜的小家伙！……我要杀了你们，我要杀了你们两个！……你们这两个……”

当他骂够了，发泄够了，让-卢克柔声说道：

“您不认为您所说的所有这些话都是白费口舌吗？不幸现在已经发生了。”

“犯罪啊！……您的所作所为是犯罪！……我一定会把你们杀了！……”

“……这些金融家可是最后的浪漫派。”让-卢克心想。他心里清楚得很，撒拉必然会同意这门婚事。他重新感觉到狂热赋予他的这种超出常人的清醒。他离开撒拉，走到窗户边，双臂交叉着站在那里，等着撒拉消气。

撒拉终于重新恢复了平静。

“这已经不是什么新鲜玩意儿了，”他用更低的声音说道，“但总能成功，在一个伤风败俗、卑鄙无耻的可怕年代，您用在年轻女孩子身上更容易得手，一个真正的女孩子！孩子该在什么时候出生？”

“还有六七个月吧。”

撒拉用两只手蒙住脸。时间一分一秒地流失。这个人真能沉得住气，他的泰然自若真让人吃惊。有一丝亮光，让-卢克以为他哭了……得了吧，他才不会呢，那会很可笑……不会，他不会哭。他蒙住脸，是在那里冥思苦想、深谋远虑。让-卢克对撒拉的感受饶有兴趣。他真的相信爱蒂纯洁天真、头脑简单吗？真是天大的玩笑……爱蒂，随便哪个小伙子想要她，她都会送上门去的；爱蒂只懂感官享乐，没头没脑，比最冷淡的布娃娃都好不到哪里去！……他现在太了解她了。而这个可怜的男人，真的动了肝火，那么痛苦难耐……真的很好笑……真的很感人……然而，爱蒂是多么像他啊！她的举手投足，她的眼神跟他何其相似……是的，眼神的那种专注……在某些时刻……然而，这个撒拉，可能不大会遭受肉欲的折磨。这真的很奇怪……带着同样的专注，撒拉的身上有些特别的东西，让人想起躁狂症患者表现出的那种全神贯注，让-卢克暗想。

时间一分一秒地过去，但撒拉没有抬起头。让-卢克拿起丢在一张椅子上的外衣，说道：

“您愿意把您的决定写信告诉我吗？”他低声问道。

撒拉慢慢地把掩住脸部的手放了下来。

“您给爱蒂带来了不幸，但也给您自己造成了不幸，相信我的话。您以为自己已经富有、幸福，已经是阿贝尔·撒拉的乘龙快婿了，是不是？……如果您早知道……知道您是何等……可笑……您可真会打如意算盘啊……但您是枉费心机。您今后会知道我说这话是什么意思。那么，您听好了。您不要插嘴，嗯？什么话也不要说。我不想听到您的声音。您会娶到爱蒂，你俩将会从我这里拿到仅仅是不至于饿死的生活费。至于嫁妆，我很抱歉。没有嫁妆，没有一分钱。我事先通知您，孩子一出生，我就会不惜一切代价拆散你们的婚姻。您听明白了吗？您将来不会说我背信弃义吧？”

“我会自卫的。”

“在我跟爱蒂谈话之前，我禁止您去见她。”

“您还希望我说的是谎话吗？”

“您闭嘴！您走吧，马上就走！出去！给我出去！”他大叫道，他的脸上再次显出因为气愤而失去理智的表情。他停下来，说道：

“当一个杀人犯割破您孩子的喉咙，可以自卫，而现在……行了，出去吧……我希望你俩有朝一日会感觉到……”

他没再往下说，抢在让-卢克前面打开门：

“出去。”

让-卢克走了。

十二

婚礼在几个星期之后举行了。阿贝尔·撒拉果真没有给任何嫁妆，他送给年轻夫妇的唯一礼物是银行的一千支股票，他把它们存在女儿的名下。此外，他的秘书每个月都会汇三千法郎给爱蒂。

他借口洛朗·达格尔纳去世不久，要求婚礼以最简朴的方式举行。教堂里有一个简短的仪式。爱蒂脸色苍白，显然很痛苦。撒拉太太则躲在她那顶粉红色的帽子下面淌眼泪。阿贝尔·撒拉在跪凳上双手捧着脸，像被击垮了一样。神甫讲话的时候，让-卢克看见岳父抬起了头。他脸色苍白，但他既不看爱蒂，也不看让-卢克。他已经把他们忘记。让-卢克再一次被他那种躁狂症患者的专注目光惊呆了。最后，阿贝尔·撒拉终于低下头，再次把脸埋在双手后面。婚礼一结束，在女儿的前额上冷冷地吻了一下之后，他就走了。他把汽车留下了，于是这对年轻的夫妇离开巴黎去了枫丹白露，在那里住了几天。出发之前，让-卢克抽空和杜尔丹在一起待了一阵子，只向他一个人坦白承认这婚虽然已经结了，但并没有给他带来快乐，倒是有一丝隐隐的焦虑让他捉摸不透，也控制不住。

“可我必须这么做，必须这么做……”他反复地说，“这门婚姻是个跳板！”

在枫丹白露度过的那几天，除了在英吉利饭店的窗户玻璃上流淌的又冷又粗的雨水和一张乱糟糟的床铺，让-卢克没有留下什么记忆。在那张床上，他常常在清晨醒来，以为自己还在绿岛楼上那个寒碜的房间里，不明白这副温暖的女人的身体何故会睡在他旁边。

洛朗·达格尔纳死后，维希纳的那所房子已是人去楼空：一家人去了外省玛蒂尔德的一个亲戚家，要在那里一直待到十月份。于是，这对年轻的夫妇决定去那里，一直住到孩子出生。每逢礼拜六，他们都去丽雷，那是撒拉一家位于塞纳-马恩省的府邸，在那里一直待到礼拜一。丽雷是一座非常漂亮的房子，房子周围有草坪、葡萄园和小树林，这样一来，虽然只有一个面积不大的普通的小花园，却好像能俯瞰整个省。目光所及的范围里，只有树木和田园。

撒拉礼拜六晚上很晚的时候回来，第三天再离开。前呼后拥的都是他的那些常客，他的那些奉承者：卡里克特-兰昆，阿尔芒·雷苏尔，还有其他人，金融家和政客。他从不跟让-卢克说一句话。礼拜六的晚宴上，让-卢克总是坐最后面的位子，桌子最靠边的地方，在爱蒂从前的家庭教师和撒拉的秘书中间。

只有岳母有时候会朝他投来微微一笑，但却是偷偷地，带着羞怯，显然害怕触犯了撒拉的严厉禁令。撒拉本人也很少说话。在这张饭桌上，从来不允许有什么放纵抑或是轻浮的含沙射影。用餐的人一起叫，一起笑。但他只满足于伸出脑袋听他们说笑，一副沉思的、接近忧郁的表情，使让-卢克深受震动。

在夏天的黄昏，这里不亮灯；亮光来自花园，树叶上流光溢彩。丽丝·撒拉让自己的花边长袖落在盘子的两边。有些女人总是会在外表上打上某一个年份、某一个日子的烙印，那一定是她一生最重要的日子，她则好像暗暗地烙上了一九一〇至一九一二那个年段的印记。她那双美丽的黑眼眸，她那白皙的皮肤，她那细瘦的胳膊，她那像包裹一样的帽子，所有这些使她的脸部显得有些奇怪，显得远离这个时代。她非常温柔，她很细腻、善良，那些只经历过幸福氛围的女人才有的善良。她的双手交叉着放在胸前，动作放松、自然，很是迷人。当客人们沉默片刻，就会听见她在安静中询问她的邻座，语调中确确实实地充满惶恐：

“莫里亚克把世界涂上如此残败的色彩，您觉得他说的有道理吗？……可我，我只找寻事物美好的一面。”

她的脖子和肩部围着一条粉红色的披巾，她漫不经心地玩着这条平纹披巾的长长的角，把手给包住，带着温柔迷人的微笑，透过轻盈的织物看着自己白皙的手指。

说到家里的朋友、每个礼拜天都要来丽雷的兰昆时，她说：

“一个多么优雅的男人啊！……他敏感得就像个女人，像个艺术家，他的心灵是那么美丽……”

说到一个因为品行不端出了名的女人时，她则说：

“可怜的小姑娘，她可真是魅力四射啊！……她名声不好，但她对我无话不说。她的生活是无可指责的。”

而说到阿尔芒·雷苏尔，她说：

“假如你和我一样了解他……他被一个女人无耻地背叛了，他对这个女人曾经是百分之百地信任。我看见过他痛不欲生的样子。真残忍。”

她的缺点是相信所有的男人和女人都视她为知己，把她当朋友。

“我是我女儿的朋友。”她曾说。她还说她也是自己丈夫的朋友，丈夫却从没有向她以及别人说起过他的生意或者快乐。她说：

“他在没有向我咨询之前，决不会贸然采取行动。没有我，他会六神无主。”

在丽雷，她喜欢躺在一间淡紫色和淡黄色相间的小客厅里，小客厅的墙壁上都是书。她是绝无仅有的珍本收藏家：那些锁在镶有金栅栏的书架里的大开本图书内文她从来都不去剪开。

“漂亮的书，”她眯起眼睛说道，“不是拿来读的，而是像花一样拿来闻的……”

在她旁边的一张小桌子上，总放着一本莎士比亚的书，是袖珍本，灰色麂皮精装。她从来都没打开过这本书，但是，当她下楼到花园里时，总能听到她抱怨的声音叫唤她的仆人：

“朱丽叶，给我拿手套、小阳伞和我的莎士比亚……”

在餐桌上，在漫长的晚宴中，让-卢克总不开口，而是聚精会神地聆听和观察。

他听着卡里克特-兰昆说话，他看着他那双炯炯有神的美丽的眼睛在整个饭厅里巡游，永远也不停下来。他听着兰昆的声音，那声音远近闻名，丽丝·撒拉是这样说的：

“部长的声音像美人鱼一样迷人，有时温柔甜蜜，有时洪亮如钟。”

他多么擅长使用自己的声音啊，抑扬顿挫到了完美无缺的程度，就像他使用自己的脸、自己的表情和自己那双漂亮的手一样，那双手也是特别引人注目的，纤细、灵巧，手指像纺锤一样细长，到了手指节那里微微鼓起，到了指头那里就变尖了，俨然魔术师的手，幻术师的手。有时候，他把手举到嘴边，轻轻地交叉着放在嘴唇下面，半个面孔被遮住了，向来宾们投去敏锐而探究的目光，但他的目光是如此明亮、如此变幻不定，使人只能看见其光芒，却不见任何思想。

他对别人说数字、说社会上的新闻很反感，但一说到理想和不切实际的空想，他就来神了。

他用一种十分迷人的漫不经心的神态说：

“我们更明确一些，甚至生硬一些……”

然后就诗兴大发，豪情万丈。

他天真得可爱。有时候，他企图掩饰自己的天真，他抽着雪茄做沉思状，专心得就像一个吃奶的孩子，引得周围的人窃窃私语：

“部长今晚有心事……”

但没过多久，那么做就让他心烦了。他笑着，做出媚态，打趣，陶醉于别人的欣赏和赞美之中，向左右两边兴奋地眨着眼睛，递着狡黠、会意的眼神，仿佛在想：

“我很滑稽吗，嗯？……这么一来，没有谁比我更严肃了，你们知道吗？……我完全不知疲倦！……”

大家听着他的话，表面上谄媚，心底里却在嘲笑，然后，当他沉默片刻的时候，所有的人同时说话，声音又高又尖，足以压过聚集在一个小空间里的二十或者二十三人的喧闹声。女宾总是有些无精打采，默默地听着，什么也不说，一丝含糊的微笑凝固在嘴唇上；她们把手交叉着放在前面，仿佛把她们的光彩都留给在夕阳的余晖中熠熠闪光的精美的戒指。

然后轮到阿尔芒·雷苏尔发言。这个人一身横肉，红光满面，鼻子肥大，但精致的鼻孔在翕动，嘴唇很红很厚，浓密的棕色头发在前额上形成一个发绺，耳朵是血红色的，有很大的耳轮。他带着沙哑的勃艮第口音，讲起话来慢条斯理。他说道：

“我守财奴农民的旧地产……”或者“我农民的谨小慎微”。当他说到自己的村庄、自己的房子时，说出的话就变成了抒情诗，尽管他的发言通常比不上卡里克特-兰昆精彩。他也感觉到自己要稍逊一筹，但他试图用冷嘲热讽和真诚的农民的语调来战胜他，但当说到他那“一小块土地”时（“我，也有一小块土地。”他说道），用的是热烈诗意的语言去颂扬它，直让兰昆皱眉头。部长凑到女邻座那边，低声说道：

“这个正直的阿尔芒，当他说自己小时候放过母羊时，忘记了他是把放羊当作消遣的：他的父亲是百万富翁，是当地的小国王。可我呢，我至少知道什么是土地。我在贝利格有一栋破房子，我都是在那里度假。他每四年都要回一次家乡，那倒是真的，但是在选举的时候。”

在雷苏尔深陷的小眼睛里闪着隐隐约约的微光。这两个人显然相互仇视，但雷苏尔觉得自己的样子像个不记仇的老好人，而卡里克特-兰昆决不相信他的宿敌内心深处对他没有某种好感。他俩越过玫瑰花向对方投去微笑：

“这个善良的兰昆……”

“这个正直的雷苏尔……”

然而，到了六月底，人们不再同时邀请他们了。阿尔芒·雷苏尔公开表示反对部长，企图毁掉兰昆。从那一天起，他们俩轮流参加撒拉家的晚宴：这个礼拜天是雷苏尔，下一个礼拜天就是兰昆。

此刻，晚宴结束了。让-卢克下楼来到空寂的花园里。那一年夏天是名副其实的夏天，热得要命，没有一丝儿风，天上也没有一朵云。到傍晚的时候，河面上的天空形成了一片火光。让-

卢克慢慢地走着，满腹心事。尽管费了很大的劲，他还是找不到任何工作。他不止一次地想过，他的岳丈跟他的接二连三的失败不会没有关系。让-卢克会被撒拉容忍到孩子出生的时候。幸好有维希纳的那所房子，到十月份之前它都是空着的，使他们可以平静地度过夏天，可到秋天怎么办呢？……他该怎么办？继续接受撒拉的钱、他的施舍，直到爱蒂提出离婚的那一天吗？她已经后悔嫁给他了，但她现在还处在婚姻的那个阶段，还羞于觉得自己不幸，而首要任务是“保全面子”。他该怎么办？他将如何生活？……他从来也没想过自己可能被如此排斥在外，岳丈以如此警戒、如此无懈可击的方式把他排斥在外！……在追随岳父的所有那些日常扈从看来，他还只是一个无关紧要的孩子。在他们的眼里几乎没有他的存在。除了一些含含糊糊的客套，他们几乎不跟他说任何话，他本人依然怯生生的，觉得在他们中间自己太另类，不能成功地扮演这个家庭中的半子的角色。

他慢慢地从窗户下面走过。他看着人们从亮了灯的窗户后面走过，就像一个失恋的男子在寻找他无法拥有的女人的影子一样。他知道严肃的生意、真正的金钱交易和接受贿赂现在才正式开始，他则被排斥在这些交易之外。他感觉到他们在那里签订协议、条约，一些紧要的、重大的、严肃的、几乎是危险的事情正在发生，他预感到了，却不知道具体的内容。他年轻有为，知道自己身上蓄积着豪情、渴望、远大抱负和清醒敏锐的智慧，却又无能为力！……所有这些人，只需一句话，就可以帮他实现自己的宏愿和对幸福的渴求，可他们却对他一无所知，他们更喜欢那些没有灵魂也不体面的木偶，就像卡里克特-兰昆走到哪里都带到哪里的库图，就像其他人。他对这个他渴望进入的圈子一无所知，却能揣测到那是一个做什么都易如反掌的世界，那些大门毫不费力就可以无声地打开，可却不是为他打开！……他们都知道撒拉憎恨他：所以他们不会为他做任何事情！……从某个方面来说，他们都是撒拉的受恩人，他们对他心存畏惧。可是，天赐的礼物常常落到他周围的其他人的头上。每一天，他都会听到这样的话：

“您帮某某一把吧……他能力差一点，但他是个不错的小伙子……”

或者是：

“给杜朗授勋吧。”

“可那是个小无赖。”

“可他是某某的朋友……”

所有这些交易都是以友谊、信任和礼尚往来的名义进行的，如此不费吹灰之力……一句话、一丝微笑、一耸肩，一些笨蛋就被捧上了天，偷鸡摸狗的人就被原谅，无德无能的人就能捞到油水很肥的闲差。看到荣誉和财富像雨水一样任意落到别人的头上，他就觉得气愤，觉得无与伦比的忧伤，有一种被疯狂掠夺的感觉。他惊恐地发现世界在他周围转动，他自己却一动不动，尽管费尽九牛二虎之力，却是空欢喜一场。他觉得自己的生活彻底地完蛋了。没有什么痛苦比得上对失败的恐惧。假如已经失败了，他会勇敢地接受。确信战胜那次失败并非重要。不，他还有一个痛苦的希望，希望是别人弄错了，希望他们对自己的看法是错误的。可是，时光飞逝，青春一去不回头，他却一无所有！……除了面包、住所和一个他不再爱的女人，他一无所有。楼上，爱蒂房间的灯亮了，然后又灭了。她上床睡觉了。他慢腾腾地上楼去陪她。

十三

孩子应该在入秋的时候出世。已经说好爱蒂将在丽雷——撒拉的府邸分娩，但一天晚上，爱蒂出现了阵痛，时间太晚了，让-卢克于是决定把医生和护士叫到维希纳来。他现在正在等他们。他独自一人待在楼下。爱蒂睡在他俩的卧室里，害怕得要命。这种可耻的害怕使他恼火，同时也使他心绪不宁，他情不自禁地想起一个命运的忠告……当他听见妻子最初的几声呻吟，当他看见那张苍白恐惧的脸，他感到自己对她的柔情又回来了。于是他走到她的身边，拉起她的手，但被她推开了，她使劲地低声说道："放开我！……走开！"她好像在恨他。他知道，当他的地位禁止他们俩像正常的夫妻一样生活的时候，她就不再爱他了……他把她一个人留在那里，默默地走了出去。

这是一个令人窒息的十月夜晚。这一年，夏天似乎不甘心就这么结束，下雨也不能带来凉意。雨点刚停止敲打窗户的锌皮边沿，就能听到蚊子在天花板上的嗡嗡叫声。一弯新月照着压到窗户玻璃上的杉树树枝。让-卢克走出了屋子。

他没有叫人打电话给爱蒂的父母亲。要打电话，就得走到一家小旅馆，离那里可有些距离。他不敢让爱蒂一个人待着，哪怕就一次。此外，他还担心岳母在场，害怕她过于热情。

他慢慢地在爱蒂的窗户下、从前种着丁香花的小树丛周围的小径上走着。风中吹来了汽油味、尘埃味和沼泽地的气味。夜晚并不安宁，没有乡村夜晚的那种宁静。每时每刻都有一辆汽车经过，传来嘎吱的刹车声。火车经过时让人听到悠长轻柔的汽笛声。让-卢克在门口移着脚步，听着爱蒂的叹息，然后又走了出去。时间多么漫长啊！……

他的孩子就要出生了……当一个人还年纪轻轻，当生活的压力从四面八方侵袭过来，想着一个孩子就要出生了，让一个生命来到人世间，这种滋味可真是五味杂陈啊！……这种生活，才开始品尝它的滋味，才开始认识它，却已经要与别人分享了，很快就得把它让出来了……他再次感到惶恐不安。没有任何快乐可言。真的，像他，让-卢克·达格尔纳，到目前为止都没有能力让一家人吃饱肚子，怎么开心得起来呢？……“但他将是撒拉家的人，他将什么都不缺，一个胖乎乎的小银行家……”无论如何，一种莫名的内疚涌上心头：这个孩子……这个人质……那么爱蒂呢？……她是不是痛苦，他无所谓。

他回到屋里，把灯关了，这天夜里，这些灯似乎把维希纳所有的蚊子都吸引过来了……他点亮了台阶上的灯笼，好让医生和护士知道哪里是门口。灯光从窗户那里透进来，然后是客厅，他太熟悉这间客厅了……他可以闭着眼睛摸瞎走也不会碰到墙壁……这张扶手椅是老达格尔纳死前坐过的……那一天，他说……他说了什么？父亲的话他总是听不进去，现在那些话却突然回头给他震撼，使他困惑……“你把自己身上的青春都扼杀了……留神……”留神什么？这的确是个奇怪的反常现象：生活到了尽头，却如此强烈地想要挽留住……牺牲自己的生命，为了有可能活下去！……因为他不幸福。他一无所有。他的希望都化为泡影了。心里既没有爱情，也没有了矢志不渝的忠诚。

“是她的错，”他看着爱蒂房间的窗户，心里想，“如果她早些弄明白……”

突然，他听见一辆汽车在门口停住的声音。他跑过去，打开门，看见撒拉走了进来。他问道：

“怎么？……您早知道了？……”

“不知道。什么？”

“孩子快生了。我在等医生和护士。”

“孩子快要生了？”撒拉喃喃道。

让-卢克把灯打开，惊讶地看着撒拉憔悴的面容。他问道：

“您想见见爱蒂吗？”

“她是不是很痛啊？”撒拉低声问道。

“我不认为。还没到时候……”

“算了，我……我晚一点再去看她……”

他沉默了片刻，然后突然说道：

“我只是路过，我马上就走。”

他走到窗户边，一动不动地站在那里。

“您吃过晚餐吗？”让-卢克问道。

“吃晚餐？”

撒拉就像从梦中惊醒了一样。

“我发誓没有，没吃晚餐……我一整天都特别的累。”

他用有气无力的声音低声重复道：

“特别的累。”

让-卢克请他吃晚餐剩下的东西。

“老实说，没有什么好吃的，仆人也回去了。她不在这里住。但我可以把咖啡热一下。”

“我很想吃点什么。”撒拉说道。

让-卢克去了厨房。当他端着一杯清咖啡和一块冷肉回来的时候，发现撒拉坐在屋子的正中间，双臂交叉着放在胸前，目不转睛地看着自己的正前方。让-卢克突然感觉到大难临头了。以后回想的时候，他也弄不明白他是怎么猜到的，但此时此刻他的想法就是：

“这个人挨了……”

这种不幸和毁灭的气息，他很小的时候就在自己的父亲周围体会过，现在它又重新回来了……他可以直接叫出它的名字，就像叫一个忠贞不贰的老朋友一样。

他把目光转到一旁，为的是看上去没在打探撒拉，哪怕只是投去质询的目光。他把杯子递给他。

“我放了两块糖。因为杯子很大。”

“我以前没来过这个屋子？”撒拉问道。

“没有。它很难看，是吗？”

他们听见一辆汽车开过来的声音，这一次是接生的医生和护士。让-卢克让他们进来，三个人一起上楼来到爱蒂的房间。她睡在床的一边，脸被床头的一盏灯照亮。要说痛苦，她的表情中恼怒的成分多过痛苦。她问道：

“医生，您为什么没有马上就上楼来？”

“医生才到的。”让-卢克说道。

“可我听见你们在楼下说话。”

“那是你父亲。”让-卢克压低声音说道。

“爸爸？”爱蒂喃喃道，“你提前通知他了？……妈妈来了吗？”

“她很快就到，你放心……”

他想帮她理一下凌乱的头发。她又一次把他推开了。

“别动我！……我很痛，我好害怕！我好害怕。”她重复道，牙齿咬得格格响，“走开！”

护士的那双大脚穿着布鞋，悄无声息地在地板上移动着，她凑到让-卢克的耳朵边，低声说道：

“您最好，的确，应该让太太一个人待着……”

“她会绝对平安无事的，”医生耸了耸肩膀说道，“您不要担心。”

让-卢克重新回到楼下。阿贝尔·撒拉还在原来的地方。他看见让-卢克走过来，用同样奇怪的没有音质的声音说道：

“她很痛吗？”

“医生保证她会平安无事的。”

“那当然。怎么会不平安呢？那是非常简单的事情。一个人的生与死，还有什么比这更简单的？……嗯？”他的声音中突然充满了恐惧。

“先生，您好像病了？”让-卢克边说边走到他身边，“我能帮您吗？”

撒拉打了个哆嗦。

“病了？……噢！我好得不得了。我只是有些累，这一天让我筋疲力尽……”

他沉默了半晌：

“我刚才说什么来着？……是的，使人筋疲力尽的……我一大早就到了巴黎……我见到一些人，一些十足的混蛋，顺便说一句……人都是十足的混蛋，我的孩子。我觉得我们还从未如此倾心交谈过。但我今天跟你说的，是我的心里话。人都是很卑鄙的。”

他又沉默了，把手慢慢地放到额头上。

“我不想回家。我想亲一下爱蒂。现在太晚了。我要走了。我不去见她了。你告诉她我本来很想见她的。”

“您不等孩子生下来吗？”

“孩子？……啊！是的……”

他好像准备问：“哪个孩子？”

“孩子？……也许，是的……我就等等吧……但要把司机叫走。他还没吃晚餐呢。叫他到村子里去吃点东西，一个小时后回来接我。”

让-卢克回到屋里时，撒拉已经打开了那台无线电收音机，但音量很低，几乎是在窃窃私语。收音机是爱蒂的。在这个乱七八糟的房间里，这个豪华的小匣子令人吃惊。时间过去很久了。让-卢克在抽烟。撒拉不停地扭着收音机的旋钮，一丝轻柔的哨音充溢整个大厅，哨音里夹杂着外国话和不同的音乐，像呢喃细语，几乎都听不见，仿佛有一半已经分解在空中。爱蒂的第一声尖叫突然传到他们的耳朵里。让-卢克脸色有些苍白地站了起来。撒拉关掉了收音机。尖叫过后是一阵沉寂。只听见挂钟的摆动声，接着传来了另一声尖叫，就像是牲口的号叫。

“这样的夜晚，会催人老的。”让-卢克心想。

“你不去陪她吗？”

“不去。有什么必要呢？”让-卢克咬紧牙关说道。

无论如何，他还是离开了客厅，上了几级楼梯，在黑暗的楼梯中，他紧贴着墙，等待着。爱蒂的叫声更加吓人，更加尖利。让-卢克突然有一种单独待着的强烈愿望；他透过开着的门，恨恨地看着撒拉的背脊。

“他跑到这里来干什么……深夜十一点钟，停下全部生意，晚饭也不吃，跑来亲一下女儿？无论如何，他必定是在自杀的前夜？……不至于吧，他喝过酒了。我一直都怀疑他酗酒或者类似的什么东西。他在道德问题和自律方面要求太苛刻，太敏感。而这样的人往往有什么不可告人的癖好。”

又一声可怕的尖叫声穿越整个大厅。让-卢克忘记了撒拉的存在。他一动不动，紧紧地抓住楼梯扶手。时间过得出奇地慢。撒拉又一次打开收音机，把全世界所有的声音都放到这个死寂的房间里来了。它们在黑暗中回响，就像大海在贝壳里咆哮一样。

过了一会儿，让-卢克推开护士，走进卧室，看见医生若无其事地坐在床边的扶手椅里，正在读一本书并在书上作点评。护士执着爱蒂的手。爱蒂斜靠在床上，用力把身体往前支撑着，惊恐万状，头发贴在汗淋淋的脸上。

“我已经支撑不住了。”在两次尖叫的间隙里，她低声说道。

医生小声说道：

“就好了……耐心一点，这没什么……”

让-卢克没听见她在叫什么。可他更放心了。他拿来了护士要的各种东西，走了出去。再次陷入黑暗和寂静之中，那寂静在爱蒂尖叫的间隙中显得更深更沉……然后是突如其来的叫人一辈子都忘不了的猫叫似的婴儿啼叫声……

“是男孩！”护士的叫声从关着门的房间传了出来。

几秒钟后，让-卢克走了进去，亲吻他的妻子，但在他的抚摸下，她显得紧张和不信任。她声音微弱地说：

“我遭了那么多罪……要是我早知道……可你，现在你满意了吧。你想要的不就是这个吗？……遗产有保证了！”

医生已经急急忙忙地扣好了外衣的扣子，说他第二天会过来，然后就走了。做护士的在感情上要更细腻一些，她跑去找“外公”。撒拉进来了。他亲了女儿，看了一眼新生的婴儿。他好像不知疲倦地看着这个红彤彤的小生命。最后他的嘴唇轻轻地挛缩着，用沉闷的声音说道：

“真滑稽……”

说完他就出去了，快得当让-卢克走到花园里时，他已经上了汽车，汽车也开走了。他心想：

“我发誓，这个人已经疯了，要么……”

他没有往下想，若有所思地朝那所老房子走去，一个新生命已经在这所房子里降临人世。

十四

第二天早晨，让-卢克一大早就给丽雷打电话。那边的人告诉他，撒拉很晚才回到家，还在睡觉，而“夫人打算在将近十点钟的时候到维希纳”。他喝了一杯咖啡，看了一下报纸，然后才慢腾腾地朝家中走去，但他刚走到半路，酒店老板的儿子就骑单车赶上了他，给他送来了一张电话留言。他读着留言：

“尽快赶过来。特大不幸降临。丽丝。”

尽管马不停蹄，他还是在中午之前才赶到丽雷。撒拉死了。刚接完让-卢克的电话，丽丝就去了丈夫的房间，发现他躺在床上，已经没气了。他吞下了两瓶巴比妥。怎么都弄不醒了。

是仆人们把所有这一切告诉让-卢克的，那一天他们对他特别恭敬，特别殷勤，他从未享受过这种待遇，今后也可能再也享受不到了。

丽丝·撒拉时而吓得像个傻子，时而陷入绝望的深渊。她不懂得守口如瓶的道理，所以，当让-卢克赶到的时候，屋子里已经人满为患。发生在那里的一幕幕情景使让-卢克大为震惊，并且铭心刻骨，所有那些陌生的面孔出现在这个遗孀面前的时候，甚至都不装模作样地哀悼或者同情一下，他们在整座房子里蹿来蹿去，俨然在自己家里一样，搜寻并且索要那些据他们说由撒拉保管的证券，最后他们咋咋呼呼地要求把死者办公室的门打开。

让-卢克经常看见的那个跟着兰昆来丽雷的库图也在他们中间，在那里穿来穿去，忙得不可开交，就像尸体上的一只肥大的苍蝇一样嗡嗡地叫着。傍晚时分，当屋子里的人终于走空了，所有的人都溜走之后，他就跟在让-卢克的屁股后面。这是一个肥头大耳的人，穿着一身黑色的衣服，法国南方人的那种白皙的脸色到巴黎后变得更加苍白，脸上长着一圈棕色的项圈一样的大胡子，嘴巴特别红特别肥厚，两只小眼睛明亮有神。他毛遂自荐地要帮助让-卢克采取一切必要的措施，然后，在八点钟的时候把他带到了餐厅。

只剩下他们两个人了。出于习惯，仆人们像平常一样把餐桌布置好了，摆设极度奢华。撒拉在世时一向喜欢这种奢华的场面……桌布上摆着这个季节里的最后几束玫瑰花。

库图令人把灯打开，对仆人说：

“那位可怜的先生还剩有阿马尼亚克烧酒吗？……您不介意吧，我亲爱的朋友？”他转身问让-卢克。

让-卢克点头表示同意。库图在仆人出去后，继续说道：

“这里的酒窖的确无与伦比……您将不大享受得到了……您真的是不走运。可是谁又能预测得到呢？您肯定对什么都不知情吧？”

“但我会知道的。”让-卢克带着一丝难以察觉的微笑说道。

“撒拉没有一个知心朋友，他对您好像比对其他人更加疏远。这是不足为奇的……但您一定想知道事情的来龙去脉，对不对？当然，全巴黎的人都知道了，一些日子以来，大家已经在等待丑闻暴露，或者自杀事件发生。我三言两语把事情的原委告诉您。银行经营的细节我就略过去了。您只需知道通常情况下，它会遭到起诉，但它被最后通融了一次。撒拉需要钱。他通过自己的银行发行贝尔热磨坊地区的维朗地厄矿业公司的通融票据，对期票进行再贴现，而这两家公司都属于他本人。这些通融票据已经两次延期，到期时却无法兑现。虽然如此，撒拉并没有惊慌失措。他想起自己的朋友、现任部长卡里克特-兰昆以前是公司的董事，辞去董事的时间也并不长……他心想，兰昆，那个在无法避免的金融崩溃中会被牵连在内的兰昆会把这件事摆平。但兰昆溜走了。兰昆畏缩了。您也清楚，对他也一样，到了这种时候，事情也不好办……真的不好办……您，年轻人，您的生活过得很安逸，您和您那迷人的年轻太太享受着完美无缺的爱情生活……事实上，那对她是多大的打击啊……您压根儿料想不到生活在高位的人其处境是多么艰难！……现在出事了，兰昆正遭受来自各方面的攻击。他见了撒拉……那是昨天的事。他犹豫，拖延，最后拒绝了。在这件事中，最悲惨的是，请您相信我的话，兰昆是个诚实的人。他对银行事务从来都是一窍不通的。您想能怎么样呢？……我们又不是万能的神……他对撒拉跟他说的一点也听不明白，担心受连累，心想让撒拉自己去解决好了，他不掺和。他对撒拉非常尊敬。现在您的岳父自杀了。而兰昆是不会这么做的。兰昆更狡猾一些。他知道在巴黎、在一定的范围内存在法律时效问题。对于普通刑事罪，两年。谋杀罪，最多三年……可撒拉这个人，您知道吗，这个人有两个缺点。您不喝点吗？”

让-卢克默默地把杯子伸过去。

“两个缺点……其中一个也是我们都有的，是虚荣。比从前黎波那的那个箍桶匠还要赶时髦和冒充高雅，您可以满世界去寻找，找不出第二个来。为了吻一下某位公爵夫人的手，为了在自己家里招待宴请大使先生，为了让自己给别人留下某种想法，某种印象……他宁可自杀，也不愿意失去这一切，不愿意看到一些大门在他前面关上。您别弄错了。一个人是很少为失去钱财而自杀的。他更容易为在别人的心目中失去名誉地位而自尽。以前人们把这称作‘不名誉’。那就是虚荣。一个人是永远也看不清楚自己的。假如他有勇气承认：‘我是个无赖，我是个窃贼！’他就会比别人更坚强，他就会得救。但是一个人如果像个窃贼一样做事，却又要说服自己他的毕生所为就像一个诚实的人，就忍受不了别人改变对他的看法。而后，徒然冒充好汉……有一些感觉，人们从来没有体会过，但会预感到……诉讼，拒绝和你握在一起的手，监狱……”

他仰靠在椅子上，呷了一口陈年烧酒。他说起话来十分流畅，动作幅度大而且丰富多样，声音被酒、食物和一种隐秘的满足感温暖过之后，变浑厚了。

“现在，您想知道钱是怎么去的吗？首先，您回想一下，撒拉严肃、沉默、冷淡，不能容忍在他面前说任何下流或者只是有些轻浮的话。您猜到了什么？”

“一个情妇吗？”

“才一个？……十个，百个，千个……我的老弟。这个人硬是毁在女人手里的。这是绝无仅有的，我确信无疑！而且空前绝后。但他的财富就是在女人的手里化为乌有的。他喜欢梅·蕙丝[①]那种丰满的类型。但您要知道没有任何人知道他的这一点。兰昆本人也一点都没预料到。我也被一些事情惊呆了……”

---

① 梅·蕙丝（Mae West，1893—1980）：20 世纪 30 年代最著名的美国性感女星，由于她的胸部非常丰满，所以充气式救生衣也称为 Mae West。

他停了一下，然后低声说道：

“我听说巴黎的某一栋房子里几乎只有您的岳父慷慨赠送的财物。他的兴趣……”

“那么，如果我没理解错的话，他已经一无所有……”

“啊，这个吗，我就不知道了，要等清点完财产才知道。但肯定是资不抵债。”

“我岳父的死可以免掉所有的诉讼吗？……还会有官司吗？”

库图摊开双手说道：

“啊，这个我不知道……那取决于兰昆的能力了。取决于方方面面的事情。可是，至于您，我觉得最明智的做法是放弃继承权。说到这里，有人跟我说，您的岳父送了您一千支银行股票，对吗？……确确实实有一千，对吗？……余下的股票，也就是法律允许他持有的，他已经把它们都收购回去了，归他一个人所有……这同样也非常典型……那是一个小暴君……您必定知道一些事情，嗯？……所有这一切对您来说都非常可怕，您还那么年轻，但也有教育意义，噢！多么……您看见的是没有伪饰的生活，人都是些混……”

“昨天晚上，我的岳父就是这么跟我说的。”让-卢克说道。

“怎么，您见过他？”

“是的。”

“啊！”库图只是啊了一声。

他重新把身子靠到椅背上，轻轻地捋着胡子。最后，他对让-卢克微微一笑：

“我亲爱的朋友，有需要的时候，只管吩咐我……答应吗？”

“当然。”让-卢克喃喃道。

仆人进来了，说夫人正守在遗体旁，叫先生们过去。这天晚上，剩下的时间就只是丽丝的哭天抹泪和哇哇大叫了。快到早晨的时候，让-卢克守了岳父几个小时。他看着死者的脸，许多事情已经明朗……可他自己的前程却是那么的暗淡。

十五

撒拉死后，什么都没有了。几个星期里，撒拉的遗孀看着汽车、家具，然后是淡紫色和淡黄色的小客厅，然后是那些原版书，一一被卖掉，那些书仅值二十法郎一本。这对丽丝·撒拉是最致命的打击。有人把价目表给她看，她拒绝相信。她大喊大叫：

“我的那些日本瓷器、中国瓷器，真是趁火打劫啊！……”

这个对人对事如她所言只求其“最美的一面”的女人，现在却只看得到丑恶。她怀疑那些最诚心打算来这里帮她的人的险恶用心。让-卢克用身上仅有的一点钱买下了那本灰麂皮精装本莎士比亚，自以为可以带给她最后一点快乐。她勉强地说了声谢谢。她穿着一身黑色的裙子，坐在丽雷客厅贴了封条的家具中间，绉纱拖在地上，她喃喃道：

“被盗窃……我这一辈子都被盗窃了……被盗窃被欺骗，”她喋喋不休地反复说着，因为她没有考虑到为丈夫破产的原因保密。

就像暴雨过后牛奶会变酸一样，这场风暴也使她变得尖酸刻薄。从前慷慨、花钱如流水，现在却一块糖、一块旧布都斤斤计较。让-卢克跟她争了很久，才终于使她同意给亡夫买一块墓碑，这并不是她想报复，而是现在每一个子儿对她都非常珍贵。她还有一小笔年金，那是嫁妆剩下的。她拒绝和达格尔纳一起生活，以为他们会掠走这笔钱。她去了外省，住在一个远房亲戚家里。

然而，让-卢克也不得不离开维希纳的那所房子，玛蒂尔德·达格尔纳就要回来和孩子们一起住在那里，她还打算把那套房子变为家庭膳食旅馆。他重操旧业，出售收音机的焊锡和香水。

他们现在住的这套房子窄小、阴暗，几乎就是工人住的房子，在植物园的后面。他们刚在那里安顿下来，让-卢克就收到了库图的一封短信，跟他约定在圣拉扎尔火车站附近的一家啤酒屋里见面。

库图坐在大理石桌子边，用张开的鼻孔和油亮的嘴巴吸着腌酸菜和斯特拉斯堡香肠的味道，伸出的嘴巴就像准备接吻一样，等着让-卢克的到来。他显得很兴奋。他请让-卢克喝了一杯啤酒，仔细地端详着年轻人疲惫的面孔，和他那染过色的、在耀眼的灯光下黑色已经变成绿色的衣服。他说话直来直去，把啤酒杯端到嘴唇边，啤酒的泡沫在他那项圈样的胡子上流淌。

“我现在有可能可以帮您一个忙。您还记得吗？您的岳父去世时，我跟您说过：‘尽管吩咐我。’我没有忘记自己说过的话。”

他停了片刻，等着让-卢克说出感激的话语。让-卢克终于说道：

“怎么谢您呢？”

库图将宽大的背往后一靠，将两只手放在桌子上，充满友爱地看着让-卢克：

“我的好朋友……您想得到吗，我帮您找到了，您认真听好了，我为您找到了撒拉银行股票的买主。”

“撒拉银行的股票？……可它们在公证人的手里，您清楚得很。”

“咳！我说的不是那些，”库图擦着肥厚的嘴唇，它们在棕色的胡须中显得更加肉厚、光亮和新鲜，“我当然知道它们都在公证人的手里。但您那里也有一千支股票，难道不是吗？”

“是的，我跟您说起过。”

“对。它们一钱不值，在现在。它们几乎不能转让，但我可以以四十法郎一股的价格收购。总共是四万法郎，”他做作地强调每一个音节，“四万啊，我的老兄，一分也不少……”

“它们怎么可能值这么多钱？”让-卢克问道。

库图微微一笑，眯起眼睛：

“确切地说，做生意在于卖掉不能卖的东西，年轻人。”

“我明白了。您知道这些股票属于我的妻子吗？”

“决定权掌握在您的手里。”

“我们能考虑考虑吗？”

库图点了点头：

“太好了，世界上没有任何人不考虑自己的利益的！您不会认为我会欺骗您吧？您想知道它们的实际价值吗？您去负责继承股票的那个公证人那里打听一下好了。您也许会认为股市会有动作，股价会涨起来？……认为它们会大涨？……我可怜的朋友，您忘记我们正处在什么年代。我们是在一九三三年。股市已经崩盘。这将是个危险的交易……而且，我还可以向您书面保证这些股票将不会转让，如果转让，您可以从中得到几个点。”

“您告诉我，银行的债务到底怎么样了？”

“对外面公布的是，债务已经解决了。债主们答应了一项清偿协议。兰昆找到了一位同意帮助他的金融家，金融家可以从中获得一些理所当然的利益。您知道我所说的帮助政府的金融家的理所当然的利益是什么吗？……不知道？您还是一个涉世未深的青年。那是为国家提供各种用品，从中获得丰厚的报酬。”

他说到最后的两句话时，叹了一口气，嘴唇微微前伸，就像一位美食家说到一道美味佳肴一样。他打住话题，沉思了片刻后继续说道：

“无论如何，丑闻还是很快就要发生……那些主要的责任人都受到各方的攻击。此刻舆论的风向已变，牵涉到金融事务，留心观察好了。”

“没有任何人提起诉讼吗？”

库图好像突然对这个问题没有兴趣了。他低声说道：

“什么？……没有……您不想让我请您吃一份威尔士兔①吗？……这里的威尔士兔真是棒极了。但您可能不大会品尝美食。您太年轻了。要好好品味生活中稍纵即逝的快乐，才能了解那些真正有价值的快乐是什么。一盘佳肴，一支高级雪茄，这是您永远也不会厌倦的东西。那么，什么时候可以得到您的答复？”

让-卢克站了起来：

“明天。”

离开库图后，他慢悠悠地往家里走。他在摩肩接踵的行人中穿行，却对他们视而不见。他试着弄明白这件收购股票的事情有什么蹊跷，但他怎么都理不出个头绪来。诚然，这些股票一钱不值。可是……四万法郎……他生气了。他觉得有两条路可以走，它们应该是像拼图游戏中的拼图一样紧密交错的。但由于他缺乏部分知识，整盘游戏就在他眼皮底下散开了。这里面一定有

---

① 威尔士兔：一种威尔士小吃，烤热的面包片上有融化的奶酪。

个阴谋，到目前为止只有库图在一手操纵。他很不高兴自己闭着眼睛被库图牵着鼻子走。当然啦，明智的话就应该是平静地答应库图的提议，管他三七二十一，这能给让-卢克带来四万法郎啊，而他现在穷得叮当响，费了老大的劲才能挣到可怜巴巴的几个钱。可是，按照现在的利率，四万法郎值什么呀？……够一年的生活，勉强能支撑两年。两年后怎么办？……他不会去买一家书店或者一个葡萄酒仓库，所有在别的时代都很合理稳妥的投资方式在这个时代都不管用了。他可以谋划一种更安逸的生活，过几个月舒坦的日子，帮爱蒂解决一些物质生活方面的困难，这些困难在这个从前的富家千金看来就像是天塌下来了一样，是彻底的败落。可就在此时，他也无不伤感地想到自己内心深处的真实想法：

"我并不操心爱蒂。"

对妻子的幸福、快乐，他已经无所谓了。这年月，容不得你为别人考虑既丰富又仁慈的生活，只能想着自己。否则，你提前就被打败了。啊！库图的话里到底暗藏着什么玄机呢？……他还掌握了什么秘密，让-卢克蒙在鼓里？……他还有什么话没有说出来？

突然，他又见到了库图脸上的表情，当让-卢克问到他"还没有任何人提起诉讼吗"这个问题时，他脸上装出的冷漠。他突然停住了脚步，之后又沿着一条空寂的小巷往前走，使劲地拍打着双手。就是这么回事了！……事情已经一清二楚了！股票可能的买主，或者另外一个用化名的人，将提出诉讼。必须有人提起诉讼，才能引发对兰昆的公愤。兰昆以前是银行的董事，已经受到牵连，却奇迹般地大难不死，他才是别人要打击的目标。可卡里克特-兰昆难道不是库图的老板吗？……谁是最容易背叛的人？就是这么回事了，不会是别的。

他的脸上露出一丝微笑。

“有个人可能不惜一切代价也要知道这件事……这个亲爱的兰昆……可是我，我怎么做呢？……然而，在还不知道战斗结果的情况下，是不可能把武器提供给库图的吧？如果这么做……我会觉得难以忍受。这个阴谋无论如何还是值得追踪一下的，至少……但这还是不够。噢！不，这还不够。这个兰昆……他就像我见过的那样，我猜想，他很容易下手。为什么不借此机会利用他一把，就像我的岳父利用他，就像这个无法形容的库图想踩着他的肩膀往上爬一样？……是的，可是怎么做呢？……”

他看了看手表。他能不能去看看杜尔丹？最近几个月，他并不经常和杜尔丹见面，但本能地，就像小时候和刚成年的时候一样，他本能地朝他住的地方走去。在跟杜尔丹说这件事的时候，他也许可以把对他来说还是一头雾水的东西弄出个头绪来。

杜尔丹几个星期以来已经不再工作了。然而，他好像很有钱。他在费鲁街租了一间房。让-卢克看见他在家里，睡在小沙发上，光着上半身。当让-卢克推开门的时候，他忽地直起身子，脸吓得变了样，然后他重新躺下，小声说道：

“你吓了我一跳！我在睡觉呢。”

让-卢克在他身边坐了下来。

“听我说，”他突然说道，“我现在面对一个问题的两个已知条件，我还不是十分明白。我觉得找到了一个解决的办法。你能不能告诉我答案是不是对的。”

杜尔丹仔细地听着，点了点头。

“可能是对的。但我不明白你担心什么。你只需把钱拿到手，然后保持沉默就行了。”

“也许还可以捞到更多的东西呢？但这取决于兰昆，或者不如说这取决于我对兰昆形成的看法。我认识他。我是从一些表面现象来看他的，如果这些表面现象我看对了，就会让我平步青云。这是一方面。另一方面，假如我错了，假如我没有那种直觉和预感的能力，我就会失去一切希望和行为能力。换句话说，就是该作何选择：是金钱，现金，还是投靠兰昆的可能性？可那是一笔小钱，对我，对我憧憬的未来没有太大的用处，而如果能有兰昆做靠山，我就能最终踏入那个我觊觎的世界，而且这一次走的是正门，即密友和同谋走的那扇门。”

“这种游戏太危险。”

“怎么危险？什么才是危险？活活饿死。自从我开始面对它的时候开始，我就习以为常了。而且，人也不会饿死。那是想象中才有的事情。但是，生活如此艰难，使人最终会想：努力归努力，危险归危险，最好试图得到最大的利益，取得最好的成绩。”

“你已经被严重扭曲了，”杜尔丹说道，“某些危险与冒险地结婚生子、形成亲子关系是不可类比的。”

“我不否认，”让-卢克低声说道，“但现在，都结束了。”

他看着那张大床，就是在那张床上，他第一次成了爱蒂的情人。他的目光在搜寻那幅女人的小照片，瞅见过一次的……照片还在那里。有一天他会见到这个玛丽·贝朗热吗？十五岁那年，他和杜尔丹一起盟过誓，他们永远也不会认识各自的情妇，省得冒那个险，弄个女人来在他们之间充当第三者。那个时候，他俩的友谊是那么珍贵，那么无可替代……杜尔丹也从未见过爱蒂，甚至都没想过要去认识她。

让-卢克突然问：

“你总去看这个年轻的女人吗？”

“是啊，干嘛问这个？”

“没什么。我原以为……最近一段时间，你看上去很郁闷，”他说话时特意选择一些最中性最平淡的词句来表达自己的想法，“可你有钱了，是吗？”

“有过。都花光了。”杜尔丹没有多说。

让-卢克迟疑了片刻，看着他，然后沉默了。也正是在这一刻，他明白了，杜尔丹，包括爱蒂，并不真的关心他。每个人都要自己同自己的命运搏斗！

他什么也没问，杜尔丹也什么都不说。让-卢克拿起放在桌子上的那包焊锡，低声说了句“晚安”，然后就告辞了。

到了外面，他突然听见关闭的门后面传来杜尔丹的声音：

“达格尔纳！”

他不寒而栗。多么恐怖的声音啊！……他心里面非常清楚，有一个灾难正在威胁着杜尔丹。可他能做什么呢？……他需要自己的精神、勇气和力量，给自己，给自己一个人。但他还是等了片刻。如果听见叫第二声，他就会回去。但杜尔丹没有再叫他。于是，让-卢克走了。他在固定于走廊中间的地毯上蹑手蹑脚地走着，减轻脚步声，屏住呼吸，让他的朋友以为他已经走远了所以没听见叫声。

十六

卡里克特-兰昆在拉斯帕耶大道为自己保留的那套公寓看上去非常简陋，令让-卢克吃惊不已。年轻人还在名片上加上了这句话：

“阿贝尔·撒拉的女婿希望与您商谈一些银行事务，而您曾担任该行的董事。”

如他所料，他很快就被接待了。

他走进卡里克特-兰昆的办公室。办公室里摆着科尔图产的人造革大皮椅，椅背硬邦邦的，很不舒服，让人想起在已经获得名誉地位的律师家里见到的那些家具，没有必要把顾客挽留太久，想尽快摆脱他们，只要他们把卷宗留下就行了。当他走进办公室的时候，卡里克特-兰昆正站在隔壁房间的门口，跟两个年轻人告辞，其中一人胳膊下面还夹着一部相机。让-卢克听见他说：

“感谢报社派你们来，先生们。感谢给一个无辜的人申辩的机会。”

两个年轻人走了。兰昆握了一下让-卢克的手后，在他对面一张哥特式的雕花高背椅子上坐了下来。他依然穿着睡袍和拖鞋。他的面容苍老，疲惫不堪，神色焦虑。他看上去没有好好保养，胡子也没有好好刮过。让-卢克聚精会神地看着他：“他会猜到我的心思吗？……这个男人的精神、狂热、雄心、激情和快乐使他一直光彩夺目。就像眼前的一道耀眼的强光，一定会妨碍他把什么都看个分明。然而，他熟悉人类，了解别人。所以，我准备做的事情里面存在不确定因素。而这正是游戏使人娱乐的地方……”

“原谅我，”他说道，“原谅我跑来打扰您，但有人找过我……请允许我隐瞒他的姓名，至少暂时不说出来……有人想收购撒拉银行的一千支股票，这股票现在归我所有，我猜到了他购买股票的目的。”

兰昆把两只手交叉着放到嘴唇边，然后又迅速地分开了。

“什么目的？”他沉默了片刻之后问道。

“他的目的是要提起诉讼，我敢肯定。”

兰昆沉默了。他努力保持镇定，但他的眼睛，让-卢克以前见过的总是那么炯炯有神、闪闪发亮的眼睛好像突然暗淡了下来，深陷在眼眶里面。他终于问道：

“有人叫您卖掉这些股票？他开价多少？”

“四万法郎。”

兰昆叹了口气。

“您来这里可能是想让我出更高的价钱吧？……我会很乐意这么做的，甚至都不会讨价还价。当别人帮我一个忙的时候，我没有讨价还价的习惯。我甚至都不想弄清楚帮我这个忙出于什么目的。”

他停了下来，用眼睛捕捉让-卢克的眼神。他把手伸向一盒香烟，拿了一支出来，却没把它点燃，他用更低的声音说道：

“要是在以前，您来找我是没有错的。但我现在没有钱，达格尔纳先生。是的，您可能……不，您一定会觉得这是不真实的。一位政治家有一个党派支持，到了像我所处的这种危急时刻会站出来助他一臂之力。可我……我已经众叛亲离，达格尔纳先生，我已成了孤家寡人。我从前的那些个朋友都准备落井下石，我，我？……您能想象吗？我这个人，可以毫不吹嘘地说，是该党派选举出的唯一配得上政治家称号的政治家，他们再也选不出像我这样的政治家了……因为，反正您也了解我，比如说我对年轻人的讲话产生了多大反响吧？现在倒好！他们想葬送的人却是我。他们那些失去了理智的人，他们还不明白他们也会把自己葬送掉。我是党的灵魂。您明白吗？一阵狂风袭来，把我卷走。他们以为把我牺牲掉，他们的威信就不会丧失。可那是什么事啊，我问您？叫人来搜查我的生活、我的过去，我用自己的纯洁来回应他们，即使在很小很小的事情上面，我都清清白白。而且，您瞧，这就是证据，最好的证据。您跟我提出的这个交易，我根本就没有可能答应，因为我没有必须的钱。这就是残酷的、痛苦的事实，而且千真万确。然而，如果我像人们指责我的那样去做，如果我帮撒拉发了财，叫我拿出这笔钱根本就不在话下。这是显而易见的。但我已经厌倦了像个罪犯一样为自己辩护，厌倦了只给我带来挫折失望的政治斗争。别……别提出异议……我不否认实现雄心壮志和功成名就带来的快乐，可这一切对我有什么意义呢？对我这种深沉的人有什么意义呢？……诚然，您只看到那个作为公众人物的我，照我说，只是木头人一个，供那些忘恩负义的无知的人使唤。但我是那么与众不同，您要是知道就好了……”

“我对您深表同情，”让-卢克柔声说道，“实际上，您有那种不被理解、众叛亲离的人自卫的本能反应。您自然觉得我来这里是为了一桩肮脏的交易。可是，我来这里看您是有别的意图的。可我现在再也不敢直言不讳地跟您说了。我在您看来，会是那么的……那么的天真……您一定注意到，在成人的精于算计和贪得无厌方面，年轻人有多么缺乏经验，”他用充满敬重和难以察觉的揶揄的柔美声音说道，“您想过吗，我来这里是为了请您拿走这些股票，因为它们对您有用，或者至少可以问问您我该用什么办法才能最大程度地帮您。我不要您的任何东西作为交换，但我跟您再重复一遍，您刚才说的那番话，那么痛苦，使我对人性有了更深入的了解，胜过我从所有的书本上所能了解到的，我感到非常尴尬。谁知道您在这个如此简单的想来帮助您，竭尽所能地想帮助一个我敬佩的人的愿望中发现什么险恶的用心？”

他心想：

“这个圈套是不是太拙劣了？……但用恭维话把人诱入圈套永远都不会太拙劣。唯有奉承，人是经不起的。你要钱的时候，他马上就会怀疑，开始警觉，但恭维话只会使他飘飘然。”

兰昆低声道：

“不，我从这真诚的声音中听到了天真的慷慨。但愿天真这个词没有伤害您。从我的嘴巴里说出来的没有比这个更好的溢美之词。您知道我是多么厌倦那些小小的算计，那些卑劣的利欲熏心，那些敲诈勒索，那种无耻行径……现在却有一个像您这样的小伙子，几乎还是个孩子，同情我……是同情，不是吗？您在您的岳父家里见到我，听过我说话。您知道我不是一个坏人。您知道，每天汹涌而来的侮辱和憎恨铺天盖地，要把我淹没。也许是在哪一天，我偶然说出的一句话触动了您？”

“您怎么能猜得到呢？”让-卢克问道，他的脸上闪烁着光芒，还有那种妙不可言的天真，这种天真的表情很容易在年轻人的脸上焕发出来，也是他最有效的武器，“有一天，在那张只谈金钱的餐桌边，您在我面前说：‘虔诚一些吧。真诚一些吧。放弃身外之物。’您的话语，您的语调，我不知道您声音中的什么东西使我……激动不已。您尽管吩咐我，兰昆先生。不要怀疑。我能反对您什么呀？……偶然的机会使我知道了谁是您的敌人，可是，唉！我也帮不上您什么。但是即使是没什么效果的一片衷心也有一种您会了解的意义。现在，”他一边说一边站起身来，“我告辞了。这是我的地址。我跟您再说一遍，尽管吩咐我。”

“谢谢，”兰昆说道，“谢谢。”

他拉起让-卢克的手，放在自己的手里握了一下才放开。

“您要知道……我很受安慰……您能来真是太好了……那些股票，我不知道是不是真的像您认为的那么重要，但对我来说，重要的是，有意义的是，知道是谁背叛我。”

让-卢克有一刻差点就说出来了，他动了动嘴唇，然后沉默了。兰昆焦急地看着他的脸。兰昆想利用让-卢克，就像让-卢克想利用兰昆一样。让-卢克几次欲言又止，就像诱鸟笛一样。

“您回头再来看我，”兰昆终于说道，他金属般的声音轻轻地掠过每一个音节，“对吧？我想更深入地了解您，您就像我年轻时的样子，那么热情，那么想为理想奋斗。他们却把我变成什么样的人了啊？您再回来。我会给您写信的。”

说完这些话，他们就告别了。

十七

让-卢克回到家里，发现妻子泪水涟涟。她在两个狭窄的房间里走着，恨恨地看着墙壁、家具和女佣的蓝色围裙。孩子在哭闹。她扑到床上，两只手捂住耳朵。

“我要死了，我要死在这里……”

让-卢克看了他一眼，显得很吃惊。真的，他已经把她忘了。她好像生病了。他说叫医生来吧，但她就像一个赌气的孩子一样，拒绝了。晚饭后，她叫他把灯关上，他几乎同时上床，睡在她旁边，庆幸终于看不到她，也听不见她的声音。

他满脑子都是兰昆，都是他说过的话。从物质上来说，他，让-卢克一无所有。他心想：

“我一无所有。我还一文不名。我还没有掌握控制别人的方法。我只能通过计谋进入那个圈子，只能让比我强的人牵着鼻子走。但兰昆强吗？……他会完蛋吗？……这个，这就要看运气了。但从逻辑上讲，他是不会完蛋的……他们这些人，他们是不会沉没的……再说，我也没有别的机会。假如我把股票卖给库图，我还可以跟他讨价还价一番，谋划一番，多拿到五千或者一万法郎……但也就这么多了，到此为止了……那么，利用只有我才有的东西，利用我对人的某些了解……兰昆是个爱慕虚荣的人，更看重别人对他的仰慕。相较于野心，他更爱慕虚荣。这一类型的人在权力中寻找着某种形式的爱。现在，他已经是孤家寡人了，丧失了他最喜爱的颂扬他的贡品。而一个没什么利害关系的年轻人，忠贞不贰的友谊，所有他昨天还忽略了的东西，现在给他的话，他一定觉得如获至宝。如果我知道往后……而那正是我所要的……我负责这件事。我只要他让我走进那个圈子，熟悉人情世故的技巧，在他们中间活动……必须做伪君子、骗子，必须阳奉阴违……正好合适，我没有别的武器……尤其是必须接受一贫如洗的日子，而那四五万法郎也许能让我安稳过上一两年。可是一两年过后怎么办呢？……这已经不是可以对自己说‘跨出那糟糕的一步就万事大吉’的年月了。今天的这一步一旦跨出，我确信将来还将在原地踏步。对此我确信不疑。经济危机和失业不会过去。这是在冒险。但我的全部生活都是在和苦难玩捉迷藏的游戏……必须赌它一把。”

想着想着，他终于睡着了，只有孩子饿了的哭叫声才能把他吵醒。他在睡梦中隐隐约约听到爱蒂的呻吟。他朝她转过身去，摸了摸她的脸：她在发烧。她呻吟着说肚子和头很痛。他必须起床，去把医生叫来：屋里没有装电话。医生来了，说是严重的卵巢炎发作，当天就得给爱蒂做手术。医生走了。让-卢克坐在床沿上。他看着爱蒂，耷拉着头。护理，疗养院，手术，所有这一切都要用钱。必须去找库图，和他商量……“啊！那不行，”他心想，“为这个我不再喜欢的女人……”因为任何幻想都不存在了，他不再爱她，不会为她做出任何牺牲。他不会为了她葬送自己的前程。

“我没有钱。”她低声说道，“得上……医院。”

她仍在呻吟：

“我不想去医院……我快死了……我不想，我害怕……”

“你理智一点。我没有钱了。除了一日三餐和孩子的牛奶钱，我没有多余的钱了。你明白我所说的……我们什么都没有……布拉什医生会让他们接受你住院。”

“你去找钱！……如果你还爱我……如果你爱过我。”

“到了这种时候最炽烈的爱情都无能为力。”

“假如你爱我，你就会想办法。可你不爱我了，你从来就没爱过我。你娶我，因为我是阿贝尔·撒拉的女儿……我讨厌你……我快死了，我感觉到了，我知道了，我死了责任在你！……”

当她的情绪稍微安定一些，她又叫他：

“让-卢克？……那些股票可以卖吗？……”

“库图跟她说过这件事了。”他心想。从这一刻起，他就只有一个念头：要不惜一切代价让她不再在这上面打主意。

“我可怜的女人，我已经知道这件事了。那个人现在没有办法弄到一分钱，而且那是个无赖，千万得提防……而且我们可能招来最致命的麻烦……今后，也许……我再告诉你一遍，从这边是不可能弄到钱的。”

她转过身去，又开始呻吟起来。他靠近她时，被她推开了。

女人会憎恨那个不懂得帮她远离不幸的男人。

快到中午的时候，救护车来家里把她接走了，让-卢克独自一人待着，等兰昆答应过的那封信。

他一整天都在等，但没等到，第二天也没有。医生立即给爱蒂动了手术。吃完午饭后，他要在探视时间去看她。他沿着水泥小路，在那些砖房之间慢慢地走着。爱蒂躺在一间普通的大厅里，穿着粗糙的病号服。他几乎认不出爱蒂了。他只待了片刻时间，然后就走了，耳朵里满是成百上千的探视者的嗡嗡声，他们慢慢地往前移动脚步，穿过大厅，朝一张病床俯下身子，然后就离开了。爱蒂·撒拉也躺在那里……真是……难以置信……可是怎么就难以置信呢，她和别人一样，都是人……这家医院里住了上千女人。要是她非得治愈的话，她会和别的女人一样痊愈的。

第三天，他终于收到了兰昆的一张蓝色的纸条，邀请他去吃午饭。

吃饭的就他俩。卡里克特-兰昆一上来就谈阿贝尔·撒拉。然后，他问道：

“我很好奇地想知道您是怎么看我的？……公众人物通常是如此不同于亲密的人，唯有亲密的人才是真诚可靠的……您认识我，您听我说过话……您知道我批评别人毫不留情。您以为我在这汹涌而来的憎恨中泰然自若。那我要告诉您，那不是……世界上没有一个人比我更需要被人爱。仇恨使我失望，确确实实。那种感觉我难以言表。”

让-卢克心想，他一定很容易忘记他本人对别人说过的侮辱的话吧。他特别好奇地看着卡里克特-兰昆。对他来说，一切就全靠这个人的本性了。好像很容易明白……可是……一个人总是在某些方面不协调的，他心想……兰昆说道：

“没有人比我要求更低，并不贪求物质财富……您觉得我野心勃勃吗？……可我只求安宁和友谊……我会生活在一间空荡荡的房间里，四面墙壁刷上石灰就足够了，几本书就够了……”

他是真诚的，不只是在他说话的时候；他住的那个房间装潢的确非常简朴，而他也似乎很满意。他一有可能就离开部里的办公室回家，他说道。阿贝尔·撒拉到底用了什么诱饵，让兰昆也卷入他那已经一塌糊涂而且很容易就一塌糊涂的金融事务的？……可是，没有放诱饵的话，那可能吗？……除非是因为被成功宠坏了的政治家、身居高位的大人物的轻率……可是，这个兰昆，绝不会是个傻瓜。时不时地，一些恶毒的真知灼见透露出他对人的了解，显示出他是一个很现实的人。但这些品质，他似乎并没有在自己的身上发现，他并不赏识它们，更看重被他称为“敏感”的精神价值。这个兰昆，他在某些方面是悲怆感人的，他脸色苍白，他那南方人的本来就有些浮肿的脸因为愁闷而更加肿胀。

他们再次提起阿贝尔·撒拉。

“我岳父的睿智……”让-卢克先开口。

兰昆愠怒地撇了撇嘴，极不情愿地承认道：

“如果您要这么说……那是一种有分析能力的睿智……干巴巴的……可是，我的孩子，那不是一位领袖……他不具有那种快速的洞察能力和判断能力，那才是天才具备的能力……另外，我个人与别人交往并不因为他的智慧。今天，哪个人不聪明呢？……聪明人满街都是。但是直觉、敏感……撒拉完全没有这种品质。还有对金钱的忧虑……”

他张开双臂，一个暴露他宽大胸怀的动作：

“老实说我不懂……”

见坐在自己对面的是个毕恭毕敬的年轻人，他渐渐地重新感觉到自己的完美。当让-卢克说到成功这个词的时候，兰昆微笑着对他说：

“成功只是一个习惯问题。几乎可以这样说，它已经融入到您的生命中，从此再也不能弃绝，我承认，但它并不能带来幸福。相信我，我的小达格尔纳，幸福，就是您二十岁的青春年华。您还需要什么呢？……您什么也不需要……年轻的时候是很贫穷，但生活在贫穷中仍然很幸福。而且，你们这些年轻人，你们如今喜欢像斯巴达人一样刻苦耐劳，不是吗？……艰苦朴素的生活，野营，冬季运动，走公路出游，少男少女在一起，自由自在，还有什么比这更美妙、更令人陶醉的？……年轻人只需要自由，难道不是吗？……您要是知道我是多么羡慕您……”

他突然陷入深深的遐想中，叹道：

“亲爱的孩子，这就是那个被称作大人物的，被众人利用的木头人的人的真实面目。您老实说，这让您吃惊……老实说……”

现在，他陶醉在自己的柔情和对自己的怜悯之中，然而他并没有忘记自己的计划：确切地知道在他的随从中究竟是谁背叛了他。他谨慎地用几句话来试探让-卢克。

“我怀疑周围的所有的人……我最持久最亲密的朋友……您不知道，去揣测谁是坏人多么不符合我的个性。所以，您也认识的那个库图……”

他停下来，看着让-卢克，让-卢克让自己的眼皮稍微动了一下，兰昆马上就察觉到了。兰昆气愤地说道：

“就是库图，是不是？……啊！我早该预料到了……这个混账东西，我把他从污泥中捡起来……一个应该对我感激涕零的家伙！……库图？……猪东西！……他……真让我难过……”

他的心像是真的受到了打击，让-卢克对人类根深蒂固的理想主义深感惊奇：还有什么比痛恨被受自己恩惠的人背叛更自然的事情呢？……他开始感觉到，世界的不公，只是在针对自己的时候才显得忍无可忍……

兰昆站了起来，走到窗户边，久久地注视着窗外。他的一举一动，哪怕是最简单的动作，都是由最真挚的感情激发出来的，富有难以形容的戏剧特征，而且来自一个优秀的演员，一个真正走进人物的内心世界、从不夸大其特点的优秀演员。然而，让-卢克清楚地发现他是一个习惯了前呼后拥的人，多年来在各种场合忍辱负重，全心全意，大声说出自己的愤怒和仇恨，周围总是围着一大堆看不见的人，永远都不是一个人。

他朝让-卢克走了过来。

“好啦……我被所有的人抛弃了……”

“还有我呢，”让-卢克喃喃道，他的心隐隐跳动，使他的声调有些激动，这一下终于把兰昆打动了：

“啊！我可怜的孩子！……”他叹道。

他沉默了一会儿。

“这个库图，”让-卢克说道，“这个人的个性跟您没有哪一点相像，好像一点也不合乎您对别人的要求……”

“我只要求一样东西，”兰昆言简意赅地说道，“绝对的忠诚……不是对我，我的孩子，相信我，不是对我，而是对我的思想……”

“您可以吩咐我。”让-卢克柔声说道。

兰昆犹豫了片刻，然后他做了一个慌乱的手势：

“是的，但要注意，库图什么都做。我每时每刻都需要他。您能把时间都给我支配吗？”

“当然，我可以……”

“您听着，”兰昆说道，“我们说得更明确一些，甚至丑话说到前头。您确实可以帮我，但我这边现在只能给您很微薄的工资。每月八百法郎。如果您觉得这工资合适，我就让您做我的秘书，私人秘书，没说的。您能从我这里比从书本上学到更多人类热情的机制。至于……至于您前一天来找我说的那件事，我知道了。我会口授一些文件给您签字。那么，说好了。您是我的人了？”

“完完全全属于您。”让-卢克说道。

十八

兰昆给的那八百法郎很难维持生计。三个星期过去了，爱蒂还在住院，用人来家里照顾孩子，让-卢克整天和兰昆在一起，或者为他东奔西走。兰昆委派他一个接一个地拜访他本人在政界的所有朋友，恳求他们找一个能够帮助他的人为他辩护，可是他们给他的唯一支持就是建议他马上辞职。对他的攻击来自四面八方。但他却无法估计他被人憎恨、被人抛弃到了什么程度。让-卢克带回来的含有一丁点同情的话都会被他抓住不放，而那些话常常是让-卢克自己杜撰出来的。

“他说了他对我表示同情吗？……啊！这种同情，我们知道多少钱一尺……但他的确切措辞到底是什么？……当心，我的孩子，那非常重要……你觉得他真的对我的为人和我的思想表示同情吗？你认为他有可能把他的同情表现出来吗？……他害怕，是的……我明白，他也害怕……可是，说到底，总不能让一个人活活饿死吧，仁慈的上帝啊，因为另外一个人的错误……我要为撒拉的贪赃枉法负责任吗？……他征询过我的意见吗？……我事先知道吗，我？……可是，必须，必须坚持住。”他握住让-卢克的手反复说道，“不是吗？……你相信我吧，我的孩子……你要是知道你对我有多么重要……”

让-卢克的全部精力都用来激发他那涨落得同样快的热情，这种热情可以激发他最大的但却是时断时续的勇气，而且世界上任何人的崇拜都可以支撑它，只要那个人在他身边，只要他一遍又一遍地说：“您的旨意，您的工作能力，您的智慧，您那领导人的灵魂……”

这并不是说他心里真的相信那些话，而是那些阿谀奉承的话对激发他去行动是必不可少的。

然而，当让-卢克在兰昆的朋友之间周旋的时候，他想到了他的对手们：只有在攻击别人的时候，才能更好地自卫。然而，兰昆在党内的地位已经是无药可救了。他只能轰轰烈烈地与它分道扬镳。阿芒·雷苏尔并不想伤害兰昆本人，那个党派是牺牲兰昆、任其垮台，还是被兰昆弄垮，对他来说都无所谓。必须得到阿芒·雷苏尔的帮助，要他帮助他以前的政敌，与此同时要这个政敌败坏该党的政策，破坏内阁的团结。

让-卢克在库图的斡旋下，努力使这两个人言归于好。这个游戏使他激动：棋子是两个大活人，必须利用他们的弱点、他们的虚荣、他们的仇恨和他们的恐惧。必须安抚他们，奉承他们，依次让他们心神不定。而他本人的目的似乎也达到了：人们都认识他了，习惯了他的面部表情和他名字的每一个音节。他们总是说：“那就去问达格尔纳好了……”“达格尔纳会把它安排好的……”对兰昆来说，让-卢克已经是必不可少的人了，因为鞍前马后都是他，因为兰昆的嘴巴动一下，随便做一个手势，他全都明白是什么意思。这些人，他们是多么快就握手言和了啊！……他们好像生来就是为了喂养他们将来的对手和政敌的。习惯了抛头露面、讲究排场的生活，他们给人留下的并不是值得信任的印象，而是一种表面上看来值得信赖的友谊，但这对让-卢克来说已经足够了。

日子，在东奔西走、在一通又一通电话、在聚会闲谈中一分一秒地流失。晚上，很晚的时候，他才回到阴暗狭窄的家里，没有被好好照顾的孩子在啼哭。当让-卢克看见这个孩子和系着脏兮兮的蓝围裙、笨手笨脚的用人时，他感觉比看见爱蒂躺在床上更加悔恨。爱蒂不值得给予任何同情，可这个孩子……可是，他不愿意往这方面想……无论为什么献身，为一个人还是为一种思想献身，都是错误中最可悲的错误。老达格尔纳难道不是最好、最慈祥的父亲吗？……可他做了什么呢？……什么也没有做……除了穷困潦倒，他没有给孩子们留下任何东西。唉！世界上的好心人不再有太平……

一天夜里，孩子病了。让-卢克很晚才回来，发现孩子用那条蓝色的旧围裙裹着，嘴巴里含着围裙，躺在用人的腿上还没睡着，正烧得厉害。他再次满大街地跑，找一个医生和一家药店，恐惧和深深的怜悯再次交织在一起，几乎使他承受不住。医生建议给孩子洗浴，还开了一长串处方和特定的食谱，但让-卢克是不可能监督到的，因为母亲不在家，而他又整天在外面。让-卢克把水烧热后，灌满了放在厨房里的小浴盆，双手笨拙地将孩子放进了水中。用人站在他旁边，睡眼惺忪，晃着胳膊，看着他在那里手忙脚乱都没想到要帮他一把。刚开始，孩子尖声叫着，挣扎着。水溢到了地板上，弄湿了让-卢克的衣服。一盏小灯半明半暗，照着房间、肮脏的奶瓶和散乱的衣物。突然，孩子变得非常安静了。他浮在水面上，父亲的两只手托着他，他似乎在目不转睛地看着前面。他很瘦，一张小脸凹陷着，没有肌肉。让-卢克心想：

“我从来就没有把他放在心上……”

他听着孩子急促的呼吸声，感觉到那个发烫的身体紧靠着他。在这间寒碜的厨房里，在这个已经在椅子上睡着了的老妇人旁边，累得半死不活、吃得又差的让-卢克，正担心得发抖，他心想，如果孩子死了，错误将是他酿成的，是他一个人的错误。照在水面上的灯光轻轻地摇晃着，孩子不再哭了，不再动了。尽管让-卢克费力地把孩子的头托出水面，水还是弄湿了他的脸和细细的黑头发。他一直定定地看着前面，可能在看浴盆里的水流。

让-卢克对这个孩子比一个普通的父亲更负有责任。他曾经是那么盼望他出生。他把孩子从那种非常幸福的虚无之中拉出来，不是因为缺乏理智的爱情，而是因为他需要这个孩子，因为他以为这孩子将可能给他带来辉煌的前程和财富。这个婴儿，这个小恶鬼，他可是个活生生的生命；他已经感到揪心的痛了。“可我并不爱他。”让-卢克绝望地想。跟自己撒谎毫无必要，在他的心中，既没有对这个孩子的爱，也没有对爱蒂的爱……他身上全部的爱的源泉都榨干了……他低着头，感觉到孩子在手上的分量，想起了孩子降生的那个晚上，还有另一个晚上，另一天夜里，离孩子降生的那个晚上更遥远，当时他渴望、想象、需要这种生活。一种隐隐约约的、难以忍受的悔恨充满了他的心。但他把它排解开了，竭尽全力把它推开了……“什么呀？……很可惜，我又不是女流之辈……一个孩子，算什么东西啊？还会有其他的，要是这个孩子……”不会的，这孩子会活下去的。啊！快弄到钱，快弄到钱……假如他答应了库图提出的交易，他就会有足够的钱来照顾这个可怜的孩子，照顾爱蒂，他的妻子，无论如何……难道他什么都不亏欠她？他咬紧牙关：“不……什么也不欠……什么也不欠……那个女人，她知道自己做了什么……我对她没有责任……”再说了，他现在能怎么样呢？……他不可能走回头路。覆水难收。哪怕？……不，不！……他的整个身体好像在拒绝向这个孩子屈服，拒绝想象中的义务，在拒绝接受中绷紧了……这时候，医生指定的出浴时间到了。他试图把女佣叫醒，但怎么叫都是白搭。女佣坐在椅子上，下巴碰到了胸部，一团灰色的头发乱糟糟的，她累坏了，睡得正酣，鼾声像嘶哑的喘气。让-卢克把孩子从浴盆里抱起来，把他擦干，让他躺好，就像医生吩咐他做的。这个小恶鬼，他轻轻地呻吟着……让-卢克用笨拙的双手帮他盖好被子，然后他怯生生地摸着孩子的脸，小家伙哭得更凶了。让-卢克把他留在那里，自己则倒在隔壁餐厅里的沙发床上，很快地就只有白天的一幕幕情景浮现在他的脑海里。兰昆会做什么？……雷苏尔会说些什么？……如果内阁垮台了，兰昆将参加下一届政府，他将以一个胜利者的姿态进去，而让-卢克的职业生涯也确定了……兰昆可能会忘恩负义。“但我会阻止他忘恩负义。”让-卢克心想，“我知道的内幕太多。不，一切都会顺利的，一切都会圆满成功。”

他在乱糟糟的毯子下面窸窸窣窣地翻来覆去折腾了很久，最后终于睡着了。孩子的病好了，但那天夜里，让-卢克终于成功地扼杀了他年轻时代的最后一阵情感冲动。

十九

让-卢克没再见过杜尔丹。一天晚上，卡里克特-兰昆破例地比平常早些让他下班，晚上六点钟他就回家了，发现有一个女人在家里等他。爱蒂前一天从医院回来了，但还得在床上躺着。那女人独自一人坐在小餐厅里，见让-卢克进来，她站了起来。

“我是以杜尔丹的名义来的。我叫玛丽·贝朗热。”

他一下子就认出来了，但她让他失望：瘦瘦小小的身材，弱不禁风的样子，脸色苍白，没有一点儿血色，也没有涂抹一丁点脂粉。她穿着很朴素，甚至可以说很寒碜，一条黑色的短裙和一件穿旧了的收腰短皮上装，镶了红棕色的边。一顶黑色的贝雷帽被她急切地从头上摘了下来，于是他认出了那幅肖像上的发型，不太长的浅色头发只到细颈部，他称之为“大天使的发型”。

他示意她坐下。孩子在隔壁的房间里啼哭。让-卢克再次感觉到那种压抑，以及屋子里的气氛在他心里激发的那种令他恼火的愁绪。

他突然说道：

“在这里说话都听不见。跟我去随便哪一家咖啡馆，随便哪个地方。您可以跟我说话。”

她阻止了他：

“不，不，我等您已经等了一个多小时了。您听我说，”她低声说道，“塞尔日被抓起来了！交五万法郎就可以撤诉。我一整天都在挨家挨户地借钱，可我没有亲朋好友，我孤身一人，什么也做不了，什么也做不了，”她绝望地重复道，颤抖的嘴唇显出一副苦相，“可我以前能够弄到这笔钱的。交了钱就可以撤诉。”

“塞尔日被抓了，”让-卢克喃喃道，“什么原因？”

“造假，”她说道，“我见他弄到钱。我没有猜到，甚至没有去怀疑……我要是早知道，我的上帝啊……他是今天早晨被抓的。他在这个世界上没有任何人。只有您……您是他的朋友。”

“您看看我是怎么生活的，”让-卢克指着阴暗的狭小房间和破旧不堪的家具说道，“我到哪里去弄五万法郎啊？”

她深深地看了他一眼，然后弯下腰，抓起放在桌子上的一个破旧的小黑包，拉开房门。

“是的，可能……请您原谅。我实在是不知道去敲谁的门。”

她补充说了一句：

“他完蛋了。”

他动了一下，想把她留下来，但她已经消失不见了。他走到窗户边，目送着她穿过大街。她走得很快，在街角就好像被影子咬住了一样。他再次感觉到一个人的渺小和恐惧，站在河岸上，看着一条生命在水里挣扎，却没有能力帮他。可是试都不去试一下是说不过去的。就这么抛下杜尔丹是说不过去的。可他能做什么呢，老天爷啊？

他心想：

“也许通过兰昆……”

但兰昆绝不会同意去关注一个应该受到法律惩罚、应该坐牢的人的。他太清楚别人正虎视眈眈地监视着他的一举一动，任何小动作都不会放过。而让-卢克也一样啊，对于他正在玩的游戏，他每走一步都得千万留神。

他慢腾腾地走到爱蒂身边，睡下了。第二天，他想的还是杜尔丹，想去看他，找一位律师。后来，他怕了。他的任何小举动都可能把他和兰昆间接地牵连进去。时间一天天地过去了，他放弃了搭救杜尔丹的念头，任由他接受命运的安排。

过了几个月，开庭的时候，他才再次见到杜尔丹。那一天，兰昆必须对众议院提交的质询做出回复。让-卢克事先为兰昆准备好了发言稿。部长只是简明扼要地告诉他大概的提纲怎么写。这就是领导的工作，剩下的都是些附属的、无关紧要的小事情。让-卢克还拟好了所有的开场对白，这些对白把第二天的会议演变成了一场戏，剧本已经提前写好了，而结局却要接受观众的反复无常和难以预料的各种反应的考验。

在众议院听证会开始之前几个小时，让-卢克去了法庭。面对空无一人的审判大厅，杜尔丹的命运在跟他开起了玩笑。一个被官方指定的外籍律师为杜尔丹作辩护，律师几乎不会说法语。最后，他被判处五年监禁。

二十

位于廊柱中间的议会大厅的专席上，全是正襟危坐的听众，他们在那里等待政界的头面人物们到场，心中暗暗地充满欣喜。这些人对说话的语调、词藻、动作和叫声的优美的感受力，要大大超过发言的准确性和深度。下面的大厅还是空的。雕像，白色的壁龛，仿大理石圆柱周围都是红色的挂毯，挂毯的颜色不再令人想起革命的鲜血，只会让人感受到剧院里的红色和豪华。楼座的观众兴致勃勃地好奇地说道：

“今天，卡里克特-兰昆将会说到撒拉银行的案子。他被牵扯进去很深。你听他说过话吗？他很……”

外面已经是一月的黄昏，黄昏因季节的原因而提前来到。一阵凛冽的寒风从河堤上吹过，让-卢克从法庭走出来，来到议会大厅。他滚烫的脸上还有那又冷又干的寒风留下的痕迹。他把自己的座位让给了一个老头子，自己则紧靠着柱子站着。演说者的专席就像是一部神奇的机器，高踞于空中脚手架之上，议会主席在那里俯瞰整个大厅，卡里克特-兰昆马上就要在那里发表让-卢克为他准备好的讲话。他将在让-卢克为他配器的乐谱中演奏自己的角色。

这档节目的结局如何？……是主演赢得满堂喝彩，还是灰溜溜地逃走，在幕布后面像变戏法一样消失得无影无踪、灰飞烟灭？……卡里克特-兰昆的命运在议会和法院，在让-卢克已经走进过的这两座大厦之间左右摇摆。如果一切不顺，卡里克特-兰昆无疑也会坐到刑事法庭阴冷的小厅里，先前杜尔丹坐的那个位子……

让-卢克摇了摇头：不应该去想杜尔丹。确实不该这么做……他必须把他全部的热情、全部的注意力投入到这里，投入到今天将要发生的事情当中，投入到刚开始实现的事情上。

随着一个他没注意到的信号的发出，他脚下的乐池被四面八方涌进来的人挤满了。人们从各种入口、各种开间拥进来。片刻之间，红色的凳子上，众议员——他们是群众演员——就座。从他们的脸部表情看，他们有些心不在焉，有些厌倦。他们在议会任期里听过那么多的演说，在那么多的戏剧中扮演过角色，感觉已经变得相当迟钝。

然而，他们还是得体地准备着他们的角色。当兰昆出现并登上那个专席，周围围着像链条一样的由议会庶务人员组成的人墙，而对面是速记员和记者，众议员用又低又沉的奇妙的嗥叫声迎接他，仿佛在尽情宣泄他们身上的音乐才能。就像管弦乐队最初的节拍响起来一样，听众们明白演出已经开始了，于是把身体前倾，激动得发抖。

兰昆几乎就在同一时刻发起了进攻。从大厅里升起的窃窃私语声使他的每一个字、每一个手势都特别突出。让-卢克听着，沉醉了。真是一流的演员……他是多么善于用自己的声音、面孔和真诚来表演啊。也许可能有人会批评他做了太多的强调，对一些重点语句白费功夫，音质糟糕，平常的声调必须提高，还有，同样的句子不同演员过于频繁地使用，可以说已经失去了威力和影响力，已经失去了意义，所以必须用悲怆感人的声调加以修饰，或者加大讽刺的成分。

现在人们是多么专心地听他说话啊……他开始攻击他自己那

个党派的政策，和颜悦色地，使用谨慎的短句，那些不知道其用意的人在犹豫，在等待，害怕蛇的毒液吐在花的下面。时不时地，短暂的掌声从反对党的阵营中响起，但才响起就停下了，因为他们还不知道他葫芦里卖的是什么药。他真的决定抛弃他自己的党派吗？……抑或只是伪装？……兰昆让他们等着，让他们激动得喘不过气来……

但这时，他的声音抬高了，把让-卢克为他写的那些话砸向人群，让-卢克却已经听不出那是自己写的话。这个卡里克特-兰昆，穿着睡袍和拖鞋的时候，是那么的渺小，现在却像换了一个人似的。渐渐地，让-卢克忘记了自己认识的那个卡里克特-兰昆，看见的只是一个在当众表演的公众人物。这种感觉真的很奇特。他开始接触兰昆的时候，兰昆是那么渺小、柔弱的一个人，现在却又因为他的个人魅力、同仁的关注和听他演说的安静专注的人群，而重新变得高大，而这魅力却是与一个名字、与一些熟悉的表情紧密相连的。

兰昆突然推开堆在面前的演讲稿，走下讲坛，开始即兴发挥。他放开胆子，冷嘲热讽。他时而谴责对手，时而又把他们捧上天。他时不时地用热情到几乎虔诚的声音说到“自由”、“理想”、“进步”等字眼的时候，不仅让人群因为某种肉体的激动而瑟瑟发抖，也使让-卢克战栗不止，这种激动与词句的含义和内容关系不大，倒更是由于声音的颤抖引起的。

只用了一句话，卡里克特-兰昆就把人们对他的指控推得一干二净。为了证明自己的清白，让-卢克事先收集了证据，但兰昆却把它们抛在一边，忽视它们，藐视它们，不是用数字或者确切的话语，而是用奔放的激情和飞扬的文采取而代之。面对抗议声，他提高声音反击，声音那么高亢，轻而易举就盖住了大厅里的喧哗，激起人们的赞叹，就像一个演员有着优秀的音质，毫不费力就达到了非常优美的最高的音域，就像玩儿一样。

现在他可以放心地让他们大喊大叫了，因为他已经确信自己任何时候都能掌控他们。他喘着气，看着脚下的人群，昔日的朋友、对手、嫉妒者、漠不关心者，所有那些把他抛弃的人。乱哄哄的声音向他袭来。笑声、讥笑声响彻整个大厅，“啊！啊！啊！”的声音渐渐地占了上风，使凳子同时摇动，整齐划一得就像一条看不见的线，一条笔直的墨线，然后是雷鸣般的掌声。

让-卢克心想：他们的力量就在这里，一种不能低估的可怕的力量，这种力量在于人多势众，在于团结一致。是他安排了这些民众吗？……不，他只是那个躲在暗处的作者。所有的功劳都属于那个无与伦比的表演者，而此刻这名看上去并不疲惫的表演者重新讲话了，讲他自己、他的生活、他的心。他的声音里有些歇斯底里的音符，就好像他很难止住眼泪，但他似乎并不为此感到耻辱，恰恰相反，他要让眼泪流下来，让所有的人看见他泪流满面。他猛地张开双臂，然后又收回放到胸前，显示他的心所在的位置、他的痛苦、他的苦难以及纯洁的心意。这是他的最后一着，大厅里欢声雷动。胜利了。卡里克特-兰昆在朋友们的簇拥下离开讲坛，蹒跚地走着，容光焕发。戏演完了，只剩下推翻内阁，让卡里克特-兰昆在他从前的对手组成的新内阁中担任部长一职，并提拔让-卢克担任部长办公室主任。世界终于打开了一扇门，一扇可以进去的门，一扇可以强行打开的门。

第二部分

一

四年之后，自结婚后就没见过父亲的家人的让-卢克，到维希纳来逗留了几个小时。维希纳的房子准备出售了。

克洛蒂娜不久前嫁给了里奥姆的一名律师。她的母亲和弟弟将可能和她一起生活。家庭膳食公寓没有办成功。那栋楼房已经破败不堪，光线昏暗，几乎要坍塌了。一家人聚集在楼下的大厅里等候让-卢克，厨房里飘出的一股淡淡的味道，与雨水、霉味和像是旧墙呼出的气息的墙硝臭味混在一起。

春天刚开始，这是一个寒风刺骨、变幻不定的季节。花园里的家具像从前一样，堆放在楼下的房间里。那串发绿的槌球在脚底下滚动。在让-卢克最喜欢的那个位置，在窗前，能听到公路上的汽车声，远处火车的汽笛声，外面世界的气息也是从那里进入封闭的、令人窒息的房间，那个位置现在是另一个男孩——约瑟在等待，等待着一时的机遇。他十七岁了。他只知道自己的学校和这栋在寂寞的冬天里显得阴森恐怖的房子，比夏天带来的少得可怜的几个寄宿生更可怕。这是一个瘦弱的早熟的孩子，长着俊美的面庞、深色的头发和达格尔纳家的人特有的额头，皱眉头的时候会在额头上挖出一条笔直的细线条，就像是老达格尔纳遗传给儿子们的家族的标志。

女人们在做缝纫活，白天微弱的光线从黑杉的树枝间透进来。克洛蒂娜有了身孕，身体发胖了，满脸的喜色，而玛蒂尔德还像从前一样又瘦又干。她们在说话，说话声时而低得像窃窃私语，时而升高就像最激烈的吵架，而实际上她们谈的只是要绣的丝线或者围嘴该用什么颜色。啊！不想再见到她们，不想再听到她们说话！约瑟心想。远走高飞！多么美好的梦想！但不是去那个阴森森的里奥姆，而是到巴黎生活，只在巴黎生活，终于开始生活……让-卢克曾经也像他一样孤独，没有钱，无依无靠，可后来他却学会了驾驭别人，成就了一门理想的婚事，功成名就了。“为什么不是我？”约瑟心想。对于撒拉银行的金融崩溃和让-卢克经历过的苦难时期，他知之甚少。现在，可以说，让-卢克有钱了，有影响有威信，有卡里克特-兰昆这座靠山。他已经完成了这个从寻常生活中一步登天的壮举，再也不用去干那些把人累得半死不活的卖苦力的活了，为了那点可怜巴巴的活命钱，过那种漂泊不定的日子，而所有这些正是约瑟认识的那些人的遭遇，也会成为约瑟本人的遭遇。诚然，假如他跟随母亲去里奥姆，他的一日三餐是有保障的。“但这还不够，不，还不够。”他一面想，一面把脸紧贴在窗户玻璃上，眯着眼睛，以便更好地追寻自己的梦想。别人在他姐夫的一个朋友那里为他找了一个公证人的书记员的差事。不，决不，决不干那种事！那么，去工作、忍耐、受苦？是的，但为了一个令人羡慕的目标和锦绣的前程，为了财富和权力，而不是拿生命去换取别人允诺给他的干面包。他当然知道自己要为母亲着想，要帮助母亲。她难道不总是在那里喋喋不休地说：“我全靠你了……”这就意味着他必须为她做牺牲，并尽快找到一份差事，因为他得养活她？……不，他的身上有的是力气，有的是勇气，但这都是为自己储备的，为他一个人……他很年轻。他可不想为她失去自己的生活。他心想：

“我决不会跟她走的。我会求让-卢克……他从来也没关心过我。但谁知道呢？现在他做什么都易如反掌了。他出名了，有自己的关系网。当时他不是利用他岳父吗？那我，我将利用他……”

他在记忆中搜寻着哥哥的面容。但他只记得哥哥一些彼此重叠、彼此更换的不同的模样，形成一个远离看得见的现实的让-卢克，但那也许更接近内心的真实。一个少年，光着脑袋，双手插在一件发绿的旧雨衣口袋里，在积满雨水的花园里游荡。一个非常年轻的青年，紧绷着脸，炽热、疑惑、冷峻，睡着了都是那样。夏日的夜晚，他俩睡在同一个房间里。约瑟记得那个半裸着的身体，总是焦灼地把毯子推开。噢！以他为榜样！这个让-卢克，没有关系，没有金钱，无援无助，他怎么懂得征服爱蒂·撒拉，成为卡里克特-兰昆的亲信，并认识那些掌握世界命运、决定战争与和平的人的？当然，在他的眼里，就像在许多年轻人眼里一样，国会议员不怎么有诱惑力。但是，由于动荡的金融业风光不再，权力最显而易见的形式无论如何依然掌握在那些议员的手里。让-卢克是多么懂得这一点，是多么懂得利用别人啊！……他的职业生涯还只是刚刚开始，但对约瑟来说，那已经是功成名就了。最艰难的，他心想（就像让-卢克从前想过的一样），最艰难的就是冲破世界在它的财富和年轻人的渴望之间竖起的藩篱。跨越了那道障碍，就可能万事顺遂，什么事情都可能一蹴而就……以让-卢克为榜样，并超越他……他对哥哥的崇拜带有爱情的特点，其中也包含了激烈的对抗。有朝一日，他，约瑟，成为那个“功成名就的达格尔纳”……为什么不呢？

“让-卢克已经三十岁了，”他心想，“三十岁，已经老了……我……”

“看不见了，”母亲说道，“克洛蒂娜，去开灯。”

灯光把约瑟的面孔映在昏暗的玻璃上，上面映着的还有房间里的灯罩下面的两个女人的影子。

玛蒂尔德突然顺应他的想法说道：

“我从来就没求过他什么。老天知道，你可怜的爸爸去世后日子是那么难过……但约瑟是他的弟弟呀。他总不能对他弟弟的前途也不闻不问吧……”

“你太天真了，妈妈，”克洛蒂娜小声地干笑道，“他从来就没有关心过我们……他也不会过问我们的事了……但最使我吃惊的是，他那么让你崇拜。为什么？他是卡里克特-兰昆的部长办公室主任，也可以说是秘书和部下……他有钱。这不足为奇。当一个人娶了一个有钱的女孩，他是不难弄到钱的。”

“那撒拉银行不是出现金融崩溃了吗？”

“那些人会把自己的家人也毁掉吗？……那么做都只是虚张声势而已……撒拉一定给了爱蒂一笔丰厚的嫁妆。至于让-卢克的政治生涯，我觉得太好笑了。他连个议员都不是。”

“他会成为议员的。”

“你觉得那很容易吗？你知道，莫里斯参加了上届的选举却没有选上，”克洛蒂娜说道，语调中充满妻子的柔情，其中有对所爱的人近乎母爱般的自豪和对世界上其他人的极度蔑视，“莫里斯……他是那么聪明，那么能言善辩，那么高贵杰出……而这个小家子气，这个微不足道的让-卢克……他在你的眼里才是大人物，妈妈。你是那么容易上当受骗……”

“是你的莫里斯这么想我的吧？……我经常上当受骗吗？……”玛蒂尔德·达格尔纳发出蝰蛇般的嘶嘶声，这是女人们在家里吵架时常用的方法，“喂，把剪刀递给我。”

“剪刀在哪里？……就在你眼前……我想说的是你缺乏经验。”

“那你倒是很有经验啦？你让我笑掉大牙！”

“我只是重复了莫里斯所说的。”

“那当然。”

“你嫉妒让-卢克，而与此同时，你又指望他能帮约瑟一把。可这件事……我要再说一遍你很天真，你最好还是把希望寄托在莫里斯身上，那我会同意的，但你却去崇拜那些不会帮你做任何事情的人。”

“噢！够了，够了！闭嘴吧！”约瑟喃喃道。

但母女俩没听见。他打开窗户，向外面探出身子。……逃走吧！……逃离她们……刺耳的声音继续传到他的耳朵里。他想到爱蒂，四年前，在让-卢克的婚礼上瞅见过一次。她是多么漂亮啊！……但是，女人，最漂亮的女人，现在满街都是……她们是那么容易……她们是那么容易……到手……唯独他渴望的那些才很遥远，在他的能力范围之外，刺激着他的欲望。实现的抱负、金钱，它们对于赢得女人的爱情已经不像从前那样重要了，但对个人、对自己、对自己的德行却是不可或缺的。一辆汽车，就像现在在公路上行驶的那一辆，一辆漂亮的、静静行驶的汽车，它比世界上最漂亮的女人更让人觊觎。那辆汽车在他家的门前停了下来。是让-卢克。

“把台阶上的灯笼点亮。”玛蒂尔德·达格尔纳叫道。

她站起来，像个年轻人一样兴冲冲地跑到窗户边。克洛蒂娜装出无所谓的样子。约瑟的心怦怦地跳得厉害，喃喃道：

“好漂亮的家伙！”

那只不过是兰昆的汽车，让-卢克常常拿来开罢了。但在达格尔纳家人中，没有一个人知道这车并不是他的。

大门在让-卢克面前打开了。他在门口停了片刻，摘下帽子。他衣冠楚楚。他和继母、克洛蒂娜拥抱，之后拍了一下约瑟的肩膀：

“现在是个大人了啊！……”

第一个让约瑟震惊的变化是他的声音，他对哥哥的声音，比对他的面孔以及他说过的话记得还要清楚。他记得哥哥那故意变得朴实、单调、中性，但每个字都由于强忍的激情和因一种绷紧的悲怆而微微颤抖的声音，现在却是轻柔的，不变的，只有一点轻微得不易察觉的，有时是嘲讽有时是疲惫的声调变化。让-卢克瘦了，说话特别的少，但非常专心地听别人说话，专心得就像一只正在窥视的猫一样，这是他早些时候从卡里克特-兰昆那里学到的（也许在不知不觉之间）。然后，一个冰冷的面具突然掩盖住了他的表情，他的眼神变得敏锐，不像从前那样冷峻，但更谨慎，更加难以捉摸。哥哥、母亲、克洛蒂娜，他们三个人所说的一切，财产清单、遗产，约瑟一个字都没听进去，但他带着怎样的兴致注视自己的哥哥啊！让-卢克瞟了一眼墙壁和家具。它们唤不起他的任何感情。

“这样才好，”约瑟心想，“也应该是这样的……人都要摆脱童年时的回忆，就像蛇褪去一层旧皮一样，没有遗憾……换了我……”

他因为心中充满希望而瑟瑟发抖。为什么不是他，为什么不是他呢？……下一届选举，让-卢克会被选为议员，很快就会当上部长。他在让-卢克身边扮演的角色将是现在让-卢克在兰昆身边扮演的角色。让-卢克幸福吗？可是，这年月，谁还去关心是不是幸福？首要的任务是活下去，活下去！保护自己……用爪子和牙齿保护自己不受其他人……

约瑟站在窗户边，站在原来的地方没有动。达格尔纳太太说话很激动。让-卢克眯着眼睛听她说。克洛蒂娜刺耳的声音突然尖厉起来，有一刻还试图盖住玛蒂尔德的声音。约瑟听见她说：

“在这个屋子里，没有一样东西价值超过十法郎。”

“可这里，”她母亲辛酸地说道，“有一些对你哥哥来说非常宝贵的回忆，这并不是因为其商品价值，而是有一股感情在里面。我说得对吗，让-卢克？”

约瑟没有听到回答。他溜到屋外去了。他将在花园里等哥哥，跟他一起走。他将在没有别人在场的情况下，见他一会儿。他也许会从他那里得到的不是帮助，而是一个建议，谁知道呢？他突然觉得虚弱和孤单。

当让-卢克出来的时候，约瑟冲了过去，用因为激动而断断续续的声音问道：

“你能把我带到巴黎吗？……我答应了一个同学……到巴黎后你随便把我放到哪里……”

让-卢克打量着他，露出一丝难以察觉的微笑：

“上车吧，我的老弟……”

他站在最后一级台阶上，看着阴暗的墙壁、点亮的灯笼以及现在几乎看不见的老杉树的影子。他让弟弟上了汽车，他们一起走了。

二

跟约瑟说话的时候，让-卢克第一次在内心深处感受到时间的流逝，人们对此很少在意的。对约瑟来说，他已经是个成功人士，已经成熟了，可让-卢克本人却认为自己还不成气候，仍然站在事业的门槛上，周围尽是些老家伙。他微微一笑，但心里很沉重。他羡慕约瑟。在约瑟的眼里，成功依然保持着梦幻般的美丽和魅力。而对他来说，成功还没有出现，他就开始怀疑成功是否存在。或许会取得部分成就，这些成就受到怀疑自我、痛苦、嫉妒、害怕的腐蚀，但胜利带来的那些强烈的感受，可能才是这个小约瑟所想象的那一切，可这些，只不过是孩子的幻想。总有更多的东西需要去攫取。有更稀罕、更艰难、更不易得到的东西需要获取，还有竞争对手，及失败的担忧。在约瑟的年纪，失败甚至是令人激动的。年轻人在痛苦和灾难中会找到一种隐隐的快意。而对他来说，想象中的失败都是不可能忍受的。当他一想到下届选举有可能失败，他就早早地感觉到一种难以容忍的耻辱，这种耻辱把他身上的一切快乐都一扫而光，可是当他想到可能获得议员职位，打开他事业大门的钥匙时，他并不觉得快乐。唉！是的，那时的他就会像兰昆或者雷苏尔一样。他会永远拥有兰昆和雷苏尔喜欢的东西……那之后呢？

这个小约瑟用怎样羡慕的眼光打量这辆汽车和他哥哥的衣服啊！他对哥哥说话时是多么毕恭毕敬啊！他又是多么仰慕地听他说话啊！有那么一瞬，让-卢克品味着宁静，在野心勃勃的人的心中是很少有这种宁静的。这条他觉得那么漫长、走得那么慢的道路，在约瑟的眼里却是极速的旅程。刹那间他对自己永远的不满平息了，消失了。他问道：

“你到巴黎做什么？”

“不做什么。但我可以离开家在外面过一夜，你明白吗？”

“我明白……”

“你幸福吗？”约瑟突然低声问道。

让-卢克心想：

“就这一点而言，他不像我。我永远也不会如此……唐突地问这个。他比不上我谨慎，比不上我有耐心……”

约瑟的皮肤非常嫩，像女孩子，稍一激动，脸颊就会泛起红潮。他焦急地等着哥哥回答。

“我能跟他说什么呢？”让-卢克心想，“与他比起来，我可能是幸福的！”

他大声说道：

“对你来说，什么是幸福？是女人的爱情、金钱，还是实现了抱负？”

“啊！爱情，那个嘛，很容易得到……金钱，按照从前的意思来理解，在战后，我觉得它已经不存在了。嗯？我的意思是说，在金融领域不再有传奇故事，不是吗？”他一边说一边寻找合适的词语，费了老大的劲才找到的，并且如此苍白无力的词，他显然很生自己的气，“今天，只有政治。”

“你母亲跟我说你要去里奥姆生活？”

“是的。”约瑟说完叹了一口气。

“不错啊！”让-卢克说道，“在那里，抱负也是可以实现的。只是有一点点差别，成功也一样，只有一点点差别。”

“你是在取笑我吧？”

“没你讲的那么严重。”

到了巴黎，让-卢克带弟弟进了香榭丽舍大街上的一家餐厅，请他喝酒。餐厅里有许多女人，是那种，他心想，是那种可以讨男孩子喜欢的女人。但他忘记了在约瑟的那个年纪他自己有别的愿望。他把弟弟介绍给一些女子，但约瑟显得无动于衷。

时候不早了。让-卢克看了看时间。

“现在走吧。你想要汽车把你送回维希纳吗？”

“噢！不，我求你了……”

“那你睡在哪里？去我家里睡吗？”

“不，不，你不用担心这个……我有一些朋友，他们会借我一张床过夜的。你有急事，那我们走吧。”

“我还要打个电话。”让-卢克说道。

约瑟在电话亭门口停住了，哥哥轻轻地把他推了进去。

“进去吧，没关系的。”

他叫人把电话转到卡里克特-兰昆那里。他和兰昆交谈了一阵子后，突然发现约瑟正目不转睛地看着他。不是女人，不是发财的迹象，不是汽车，约瑟羡慕的是这个，是他与兰昆的亲密关系，是进入那个掌握权力和财富分配权的世界。

当他们走出电话亭时，约瑟说道：

“你一定会觉得这很可笑，但我万分羡慕你。我前面的生活是那么艰难，那么狭窄，而你……可你是怎么做到的？秘诀是什么？……有没有秘诀？……靠工作、机遇，还是才智？需要什么？……告诉我……我也一样，我想成就一番事业，想出人头地。噢！我这么跟你说话，是因为你让我喝了酒。否则，我是不敢说出口的。你会嘲笑我，是吗？那可不好。也不要跟我说这样的话：‘我成功了——但得不偿失……’”

“那你想要我告诉你什么？”让-卢克耸了耸肩膀说道，“要认得人。这，可能就是唯一的秘诀。但这是学不来的。凭着本能去认识人，要么永远不……”

他把手伸给约瑟：

“晚安，小家伙……”

约瑟低下眼睛，喃喃道：

“晚安……”

让-卢克看着他慢慢地走到香榭丽舍大街上。在茫茫黑夜中、在雨中长时间的漫步，在那些不知道你名字、不熟悉你面孔的行人中被唤起的梦想，有朝一日扬名天下的炽热的希望，对啮咬着你的心灵的成功和行动的渴望，这种渴望从今往后任何爱情都不能与之相比……黑暗中的小酒吧，朋友，跟你一模一样的男孩子，狂热的漫漫长夜，温柔的梦乡，所有这一切都是约瑟现在拥有的财富。

三

不久前，在蒙帕那斯的一家咖啡馆里，让-卢克见到了杜尔丹过去的情妇玛丽·贝朗热。杜尔丹是他的隐痛……“我这一生唯一的懦夫行为，”他心想，“不可饶恕……”然而，他还是走到了玛丽身边，跟她攀谈起来，但没有提到杜尔丹，而是谈她本人，希望从中了解杜尔丹的近况，他的苦难是否已经结束。玛丽同样没有提到他的名字！……让-卢克得知她还住在费鲁街，他好想再回去看看那间房子。为什么会有这种想法？……也许跟他想去他生活过的拉丁区一样，跟他想来蒙帕那斯的这家咖啡馆一样，曾经多少次他在这里吃羊角面包、喝牛奶咖啡，跟他想回维希纳一样。只有在那里，在那条走过的路上来回踱步的时候，他心中那种不由自主的深深的不满足才会平息下来。于是，当他跟着一个在街上遇见的女子，当他跟她一起上楼走进那个阴森森的出租屋，他试图通过对过去苦难的回忆，来刺激现在的快乐。红棉布窗帘，冷冰冰的被单和退了色的壁衣，使他想到等会儿，他就会回到那个舒适漂亮的房子，见到从前那个他那么想要的爱蒂……他心想，也只是在这个时候，爱蒂的形象才重新变得美丽娇贵……

玛丽是个娇小柔弱的女人，看上去既非常年轻，又未老先衰。她的胸部和腰都很瘦，脸上不施脂粉，双颊瘦削，微笑时眼睛里看不到喜色，大笑时眼睛更深、更焦虑不安。这第一个晚上，她穿着一件很不起眼的黑色外套，外套的皮翻领已经旧了，镶边是红棕色的，头上戴着一顶黑色的贝雷帽，就像四年前，她第一次到让-卢克家一样。

从那以后，他们又见了好几次面，他又和她一起回到费鲁街。那条长长的黑黢黢的走廊，走廊的一头被煤气灯照亮，当他看到这条走廊的时候，他感到时间被废止了，感到他走进去将见到躺在炉火前的那张小沙发上的爱蒂。他在门口停留了片刻，像从前一样注视着走廊里的那一道苍白细小的火光，一股从各个方向吹来的看不见的微风时不时地把那道火光吹弯，然后又变直了，直直地一动不动地燃烧着。就是在这里，在这扇门前，他把两只沉重的银烛台放到地上。那一天是多么的冷啊……他是多么悲惨，穿得多寒碜，心是多么沉重啊……也是在那天晚上，他决定把爱蒂弄到手，想把她作为跳板来利用，而她差点就成了毁灭他的祸根。也许，假如他放弃了爱蒂，另一个女人，现在……

年轻的时候，他从来也没有表现出对幸福和宁静如此卑下的需要。那个时候，对于宁静，与其说他渴望，不如说很恐惧。就像所有的年轻人一样，他只渴望战斗，渴望成功。他想到约瑟，羡慕他的那种年轻人的火热的力量，唯有那种力量可以用不着幸福。

那天晚上与约瑟告别后，他去了玛丽家。当他敲响她家的门，她问是谁、声调里充满期待和恐慌时，他清楚地猜测到她等的人不是他，而是另一个男人。

当她打开门时，他低声问道：

“您在等谁啊？”

但她轻轻地摇了摇头，没有回答。他走了进去，她叫他坐下，用一盏酒精灯为他准备茶。两个人都不说话。后来，她突然问：

"您过去常来这里见爱蒂·撒拉，是不是?"

"是的。您认识她?"

"以前认识她……现在她是您的妻子了……你们一定很幸福吧……"

"我不知道……也许吧。"他漫不经心地说。

他有一种奇怪的感觉，想让人同情，向这个他几乎不了解的女人诉说自己的忧愁和对生活的失望。然而，他羞于启齿，没有说出来。

她说道：

"我也一样，我嫁给了一个我爱他、他也爱我的小伙子。但我并没有觉得特别的幸福。"

她的两眼紧盯着敞开着的、漆黑一团的窗户。她凝望着张大嘴巴的黑暗，带着渴望，带着绝望。

他问道：

"您现在没有家吗? 您没生过孩子吗?"

"我没生过孩子，我离婚的时候与家人闹了矛盾。我现在独自一人。"

"您工作吗?"

"是的，我做秘书、打字员、顾问律师，什么都做……在一家小小的律师事务所。他们给的薪水很少，不定时给，但他们到底还是会给我钱。我可以生活下去。在这个年月，这已经很不错了……"

"我可以帮您。"

一开始她没有回答，而后她说道：

"我什么也不需要……"

他惊讶地看着她：这种消极状态与他自己的心态是那么的泾渭分明，但他不知道这个女人身上的什么东西把他打动了。有一些女人——他想到爱蒂——是那么难以击败，是那么轻率，是那么趾高气扬。而另外一些女人，在经历不幸、破产、社会灾难之后，不知所措，放任自流，然后自生自灭。而这个女人看上去是被遗弃了……无亲无故……

他问道：

“您允许我过来吗？”

她轻轻地点了点头，没有回答。她没有笑。她定定地看着他，但好像没看见一样。她仿佛在内心深处寻觅对一副面孔的记忆和一个已经沉寂了的声音。

四

达格尔纳一家三口住在一栋崭新的白色建筑的最高一层，在布瓦森林边上。住在那么高的房子里，一到晚上，在巴黎大街上听不见的浪涌般的声音，便在窗前呼啸起来。走到玻璃窗户边，能感觉到自己呼出的冷气。天空是恬静的，布瓦森林里的黑黝黝的树梢几乎一动不动，但在这里，在阳台上，在客厅的门边，风不停地游荡、呻吟、呼啸。

那天晚上，就像出了奇迹一样，达格尔纳家里没有客人。

这套公寓，前面的四个大房间，阳台，白色方纹帷幔，所有这一切都是为了举行酒会，为了说话声和笑声而专门设计建造的。房间里寂静得就像是在举行葬礼。酒会对让-卢克来说，是深思熟虑之后采纳的一种生活方式，尽管他不喜欢上流社会，但他认为那是必不可少的。在吃完美味佳肴之后，做什么事情都是那么易如反掌。为了各自利益的小交易，相互吹捧一类的事情在两扇门之间是那么顺理成章、水到渠成。人们到他家里来，为的是见到一些政治家和兰昆，毕竟兰昆总是被固定安排到场的。真是奇怪……这种社会上的成功在某些方面让他觉得那么缓慢。但金钱却是如此唾手可得，这让他觉得厌恶。他没有财富，但职位，工作，这些对凡人来说代表了神奇的机遇的东西，于他却是触手可及，得来全不费工夫。他们在这里所做的一切，更多的是出于友谊，出于仁慈，出于彰显权力的欲望，而不大是出于阴谋诡计。这些政治家爱打趣，爱开玩笑，满不在乎，他们最大的缺点是需要别人崇拜，哪怕是被一个在他们眼里还是个孩子的让-卢克的崇拜，还有就是显示他们的权力。一句话，一个微笑，一口吐出来的烟，一句“瞧瞧，我的孩子，我一个人就可以把这件事处理好……就让我来做吧！……”令人垂涎三尺的职位比辛勤劳作更容易到手。那离财富还差得远，但每月这里弄个三千法郎，那里拿个四千法郎，接待客人，着装打扮，扩大社交圈子，增加这些关系网制造出来的机遇，这些活动所需要的经费就都有了。获得权力和实现雄心壮志的梦想在那里充当什么角色呢？……成功，当它遥不可及的时候，富有那种梦幻般的美丽，但是一旦它出现在现实层面，就显得很肮脏很渺小。

在让-卢克的对面，被一盏灯照着的白色沙发上，爱蒂半卧着，露出宽大衣袖里漂亮而光溜的胳膊。她长得美极了，身形有些笨重，动作有点迟缓，但她的脸蛋光彩照人，肤色无与伦比。她穿着一件白色的缎子晨衣，露出丰腴的、像大理石一样纹理细密光滑的香肩。她那一头金发束在脖颈后面，她时不时地抚摸着它们，动作漫不经心，就像抚摸一只宠物一样。

“真是个漂亮的尤物！”让-卢克心想。

他的心中对这个女人已经没有一丝一毫的爱意，没有丝毫的感情了，这个从前他那么渴望得到的女人。

当初他来到她的身边时，心中可是充满了爱啊！他永远也不会原谅她。现在，他心想，她就是自己幻想深度破灭的罪魁祸首。一个人年轻的时候生活圆满，经历过火热的激情，心灵充实了，就会万事顺遂，就能达到一种内心的平衡，可是现在……这场爱情因为报复的念头，因为利益和算计，早早就变味了……也许他也错了，错在只愿意爱值得爱的人。也许不求回报的自我牺牲才是爱情唯一明确的标志？他皱了一下眉头。爱情……起码，有一件事是确定的：这是一种与成人不相配的感情。现在，他是个成人了，但在他钟情爱蒂的时候，在自己的青葱岁月，爱情，对他那样一个孩子来说，应该有自己的位置，应该存在，并且至高无上，而现在幻想破灭了，酒足饭饱后，其他的忧虑和别样的激情自然就占据了爱情的位置。但他还是有一个渴望，一种欲念，一个梦想……

他气愤地叹了一口气后，站起身来。爱蒂慢慢地把目光移向他，看见他时显得很吃惊。他自己也一样，常常忘记她的存在，就像被惊醒了一样，寻思着：

“这个女人，她来这里干什么？”

他俩彼此都不适应对方。虽然过去了那么多年，一起经历过苦难，有过夫妻间的肌肤之亲，有了孩子，但他们彼此却并不习惯。而且，当他们两人单独在一起时，他们并不觉得放松，倒是无意识地感到一种拘谨，两人都希望一个不速之客突然出现，让他俩获得解脱。

她用微弱的、很不情愿但还是发出来了的生气的声音说道：

“你还不睡觉吗？”

“不。还不睡。”

“把那盏灯关了……不，是另外那盏。你没发现它刺到我的眼睛了……”

他照她说的把灯关了，然后走到阳台上。待在家里的时候，本能地，他所有的心思都到了外面，到了大街上，那些黑暗沉寂的大街，年轻的时候，他长时间地在那些大街上游荡，那么孤独，那么凄惨，却又那么无牵无挂，满怀一切希望。他叹了一口气，把白布窗帘放下。爱蒂任性地只穿白色，周围的装饰也无一例外地选择白色。这时，她把双手放在膝盖上。他突然心想，她是多么像阿贝尔·撒拉啊，当然不是说她长得像，而是那种专注，那种不动声色的本事，两人都能沉得住气。但他俩内心深处的秘密是不可告人的，这个女人的秘密和那个死去的人的秘密没什么两样：他们的心中只有虚荣和肉欲。

他从那间屋子里走出来，小洛朗，他的儿子住在最里面的卧室里。他走进儿子的卧室，看着他睡觉。孩子的块头很大，很漂亮，气色很好但像动物一样，没有灵气，没有表情，就像是爱蒂的翻版。他从来也没有喜欢过这个儿子，总是暗暗惊讶地打量着他："这个奇怪的种子，是我播的吗？"

那个穿着白色罩衣的瑞士籍保姆正在灯光下缝补衣物。他问了问孩子的身体是否好、孩子是不是很乖，这些日常问题。但他没有听她的回答。啊！这个孩子过早地来到他的生活中；他太执著于自己的理想和抱负，因而不能分出精力来给他，为他付出而不求任何回报……

这也许一直是他和这孩子之间的屏障，就像他和爱蒂一样，他的本能是付出，但却期待、要求得到最大程度的回报。而且，在这一点上，他和爱蒂是没有区别的。他们俩总是担心受骗上当，担心在爱情中吃亏，担心信赖对方，牺牲自己。……他们在算计爱情，在爱情的斤斤计较上是何等地顽强啊！……他们的爱情……由于他突如其来的一个动作，孩子惊醒了，捋开盖在前额上的金发，目光转向让-卢克。那个瑞士女人马上示意让-卢克出去。但他没有走，他注视着自己的儿子，儿子把头埋进枕头里。让-卢克走了出去。

才十点钟。也许，在蒙帕那斯的一家咖啡馆里，在烟雾中，在一张他非常熟悉的偏僻的桌子边，他会见到玛丽，她孤身一人……他微微打开门，对动都懒得动一下的爱蒂说：

“我出去……”

他走到大街上，惬意地舒了一口气，就像他旅行结束后回到家里一样。

五

接下来的那几周里，让-卢克多次和玛丽·贝朗热一起去巴黎郊区，在那里待上几个小时。她总是很乐意地接受让-卢克的计划，总是默默地顺从他，他喜欢她的这种百依百顺。一个星期六，当他问她喜欢去哪里时，她不让别人察觉地略略犹豫了一下之后，用令他吃惊的颤抖的声音回答道：

“巴尔比松……不知您想不想去？”

那一年的春天冷极了，五月的树上已经长出了新叶，在冷冰冰的大雨下流泪。整个森林都在流水，天空又低又暗，在平原上能听见大风呼啸而过，而森林里每一根树枝，每一棵灌木上都有小溪般湍急的流水声。汽车缓缓地往前走着，在车辙中颠簸着。他们关上了车窗，雨水轻轻敲打着玻璃，不停地发出簌簌声，如泣如诉。

“什么鬼天气啊！”让-卢克生气地说道，“我们回去吧！……”

她摇了摇头。

“不，不，我求您了……”

她贴着车窗，全神贯注地看着外面。在绿色的亮光中，穿行在湿透了的树叶中间，她的脸色显得更加苍白，肌肤差不多是透明的。不知道为什么（也许是与爱蒂白皙冷静的美反差太大），在凝视她那纤细的面颊和黑色的眼圈时，他感觉到某种欣慰，这欣慰中有怜爱和说不清的柔情。

他们吃午饭的那家酒店的大厅里空无一人，灰蒙蒙的。窗前种着一棵丁香花，花枝紧贴着窗户玻璃，盛满雨水的树叶沉甸甸的。玛丽推开窗扇，用手轻轻地抚摸着在阵阵微风中颤抖的湿漉漉、香喷喷的花束。

已经不早了。他们是在两点钟的时候离开巴黎的，现在天空渐渐暗下来了，因为下雨而变得黑沉沉的。午餐吃得很慢，吃了很久。整个酒店、整个村庄都好像空无一人。玛丽突然说道：

“我到这里来过一次，是在冬天，那是很久以前的事情了。那时天寒地冻，我一整天都待在房间里没出门，也是在这家酒店里……”

她没有说下去。她的脸上从来也没有流露过如此多的激动。他不敢问她是和谁一起来这里的，他害怕听到杜尔丹这三个字。他给自己倒了一杯酒，一饮而尽。放下杯子的时候，他的手在颤抖。一种奇怪的锥心般的痛苦感觉像刺一样，扎进了玛丽在他身上唤起的欲望。

午饭后，他们从酒店里走了出来。在酒店的邻街有一个让-卢克熟悉的小酒吧。他们沿着一堵镶了石块的矮墙往前走，那些石块被雨水冲刷后露了出来，湿漉漉的。玛丽偷偷地用手摸着矮墙粗糙的压顶，就像在抚摸一个亲密的面孔。雨一直在下下停停。能听见流水声，檐槽的嘘嘘声，以及风在平原和村庄周围的田野里的呼啸声。玛丽不再说话。她看着街边的房子、树木和小五金店，店里的家用器具中间，有一颗以前圣诞节留下的银星在闪闪发光。她好像认出了每一块石头，每一个街道的拐弯处。她在这里搜寻什么回忆呢？他们从两条道路拐角处的一个喷泉前面经过。她微微闭起眼睛，就好像为了更好地谛听潺潺的流水声一样。而后，她又开始往前走。她摘下了那顶永远不变的黑色贝雷帽，把头伸到雨中。发现她突然步履蹒跚时，他挽起了她的胳膊。

“怎么回事，小姑娘？”他柔声问道。

她没有回答。她冻得发抖，把衣领重新竖了起来。

“您冷啊？……来……我们加快步伐！……”

她摇摇头，微微一笑，这微笑浅浅的，从嘴唇上掠过，使那双黑眼睛显得更深了，忍住没流出来的泪水闪着光。

华灯初上，把房屋照亮；之后，他们听见活动遮板关上的缓慢沉闷的声音，门闩拉上的声音。只有他们两个人，乡村显得更加阴沉。他们走得更快，靠得更近了。他拉起她的手，把它握在手里。天边现出一道红色的透明的色调，乌云好像突然翻腾起来，轻盈地露出明朗天空的隐隐约约的反射光。

酒吧是一栋低矮的小房子，周围是一个有支柱的露台和一座栽种了丁香花的花园。他们走进酒吧的大厅，大厅里空无一人。唯有一只小白猫睡在草椅上，在那个生起了火的壁炉前面。这种温馨的家庭氛围与酒吧的装潢，与浸透了墙壁的陈年美酒的芬芳神奇地融合在一起。

“有火……多幸福啊！”玛丽喊道。

她把手伸到火边。她冷得发抖。片刻之后，她的双颊又恢复了一点血色，这时，她长长地叹了一口气：

“真美妙啊！……”

她冲让-卢克微微一笑，向他伸出手来，这个孩子般的手势把他触动了。

“谢谢！”

他轻轻地搂住她的肩膀。

“我们每个人都有自己的忧虑和痛苦的回忆……我们一起把

它们忘记一个小时吧！……您瞧，这里有火，有一只猫，有一台唱机，有妙不可言的香槟酒，假如您想要……您喜欢吗？还需要别的什么吗？……”

他把一把摇摇椅和一块垫子推到壁炉前面。

“在这种鬼天气，是不会有任何人来的。只要您喜欢，我们就待在这里……”

酒店老板娘是个一头银发的女人，那头银发围着肉红色的笑吟吟的脸梳成圆形，她走过来问他们要点什么，给他们倒了酒后告退，留下他俩单独待着。

他们往壁炉里加了木柴，往杯子里倒了香槟酒，这香槟酒年份很久，所以几乎没什么泡沫，金色也变成了粉红色。唱机在播放曲子。时不时地，湿漉漉的门槛被一辆穿过雾霭的汽车灯照亮，但它随即就消失不见了。屋子里开始暖和了。让-卢克打开窗户，他们都不说话，而是默默地听着雨水滴落在树叶上的声音，在已经湿透了的地面上流动，向地底渗透像爱抚一样的轻柔而又急切的簌簌声。夜幕降临，一个冷飕飕的雾茫茫的夜晚，就像是秋天的夜晚一样。

老板娘推开门问他们还需要什么。

“先生，碰到这种鬼天气真是遗憾……你们原本可以在花园里用晚餐的。夫人，我们有那么美的丁香花，可惜它们没有阳光。先生和夫人一直待到明天吗？”

“不。”玛丽赶忙说道。

让-卢克低声说道：

“我们还不知道呢……”

老板娘出去后，他问道：

"您想在这里过夜吗？"

她坐在炉火边，手托着脸。她沉默了片晌，然后头也不抬地问：

"跟您吗？"

"跟我。"

"不。"

"我们可以成为很好的朋友……"

她柔声重复道：

"不。"

"瞧啊，"他叹道，"这个回答真是毫不含糊啊。"

"跟它的问题一样。"

他把身子凑到离炉火更近的地方，把双手伸到火边：

"您没有情人吗？"

"没有。"

"为什么？"

她没有回答。他低声问：

"您多么像被遗弃了一样啊！……遭遇不幸之后，有些女人重新站起来时会更加强悍，像毒蛇一样，只想着咬人……另外一些女人则把自己封闭起来，就像关在一所监狱里一样。"

"的确，"她喃喃道，"一所监狱……"

"您是那么孤独……我不会给您爱情。只是一个依靠，一个朋友……"

"噢！"她第一次转过头来，用哀求的眼神看着他，说道，"只做我的朋友吧。您别生气。您不要走。我不想做您的情妇，您本人也别那么坚持……您别说话……女人在您的生活中不会占据太重要的位置。可我，我是那么孤独……我再也不能允许自己失去唯一一个有生命的东西。”她突然低声说道。

“那我呢？……”

“您很幸福……”

“不。”他叹着气说道。

终于有一个女人，他不必去战胜她，去迷惑她……她是那么贫穷，在她面前他不必担心暴露自己的穷困潦倒、一无所有……就是在这一刻，他承认了自己的忧愁，感觉到了内心深处的安宁，它们唤醒了他心中的爱情。

六

第二天晚上，夜阑人静的时候，达格尔纳夫妇和卡里克特-兰昆参加完舞会后，准备回家。他们的朋友住的那栋房子建在奥德意的最里面，周围环绕着花园，所以要到停车的栅栏门那里，必须走很长一段路。爱蒂挽着兰昆的胳膊，兰昆则带着她沿着花园里的小路往前走，小路湿漉漉的，才下过雨。孟加拉焰火在树下燃放，发出微弱的光。

爱蒂像平常一样，身着白色的礼服。没有什么能让她更加美丽了。兰昆时不时地把少妇滑下去的白鼬皮短装拉回到肩膀上。让-卢克看着他们表演，却满不在乎。爱蒂在他身边，在他的房子里，在他的心目中不比一件家具更重要。

他们登上汽车。兰昆在高谈阔论。兰昆坐在爱蒂旁边，让-卢克则坐在对面，双臂交叉着，低着眼睛。当他们从一盏煤气路灯的亮光下经过的时候，爱蒂装模作样、漫不经心地把手放到头发上，抚摸着它们，捋着沉甸甸的发髻，发髻低低地束在颈窝处，照该季的时尚裹在一个镀金的发网里。看得见她的指甲和手指上的钻石在熠熠闪光。这时，兰昆往车厢尾部靠过去，不再说话了。他的脸上闪耀着喜悦的光芒，显得更年轻了。他朝前面亮出白色的牙齿。他神气活现地咬着一支雪茄。让-卢克想起四年前的兰昆……他现在是多么精神抖擞啊，身体也好，发胖了，一脸的幸福！

真是个令人赞叹的兰昆……那时，他要让-卢克以“你”来称呼他。现在，当让-卢克用“你”来叫他时，这位部长却显得有些不快，不过这生气的表情很快就在诚挚的微笑下面，在一句“我善良的小达格尔纳，行啊”后面消失了。他拍拍他的肩膀，一边动作幅度很大地张开双臂、敞开心扉，一边说：

“这孩子，会前途无量的，假如他愿意听我的话……”

然后，他慢慢地放下手臂，在讲坛上的习惯使他的每一个动作都拖长了，虽然这么做在日常说话中并无必要。即使是现在，在让-卢克和爱蒂中间，当他说一些最简单的话时，他都会边说边抬起手来吸引他们的注意力，仿佛他在给无数的人作演讲一样，而这只手抬起来后，会一动不动地停留很长时间，好像要让观众们好好看清楚一样，因为他知道观众的感觉是非常迟钝的。然后，他把手慢慢地重重地放到膝盖上，矫揉造作地学着拿破仑的气势。

让-卢克还记得他的眼泪……是的，他不止一次地趴在他的怀里哭过，这个善良的兰昆……那可是真眼泪，涩涩的，沉甸甸的。

“我对他是多么穷追不舍啊，”让-卢克心想，“我……嫉妒他吗？当然有可能，当然了。我想要他的位置。我想进入人生的那一个阶段，一切都已经在一条平稳的大道上提前投入和计划好。每一个职业，在起步之后，都会有一段时间的停滞不前。机器在犹疑，命运在犹疑……这时，人会重新感觉到精力消耗和急不可耐，内心深处还在怀疑，这一切也许得不偿失。”

他叹了口气，然后突然睁开眼睛，因为兰昆突然的沉默让他觉得奇怪。只是一瞬间，但他清楚地看见兰昆的手在爱蒂的毛皮短上装下面搂住了她的腰。他不由自主地往前动了一下，随即那只手不动了，隐藏了起来。让-卢克把头扭到一边，透过车窗玻璃，专注地看着夜色。当他重新把目光移向他的妻子和兰昆时，发现他俩隔开了一段距离，兰昆把手交叉着放到胸前，两只手被雪茄的火光照亮了。

“错不了！”他心想。

他太了解爱蒂，他们肯定有私情。他注视着兰昆，大腹便便的，头发做作地捋到后面，圆溜溜的小下巴很结实，下巴上面还有一条小沟，他的两眼闪闪发亮，透着自信的预言家的庄重。发生在他们之间的有可能是爱情吗？……至少包含有爱蒂使用这个词时所表示的意思？……不，这一次。依然是利益关系。“她一直都喜欢一个成功的男人。”他心想，同时想起了博罗歇。他根据现在依然感觉到的隐隐约约的痛苦，惊奇地估量着他和爱蒂那段毫无意义的插曲在他的生活中占据着什么样的位置。

汽车现在沿着河堤前行，球形电灯，有规律地间隔一段时间后，把车厢照亮，坐在车子里面的人一个个都不说话。让-卢克闭着眼睛，回到了平常的姿势：两臂交叉着紧紧地抱在胸前，脸扭到了一边，而他的妻子和兰昆则悄悄地分开了。汽车在兰昆的门前停下了。

七

让-卢克和他妻子的口角是因为哪一句话不投机引起的，两人都已经忘记了，此时此刻，他们气喘吁吁地听着对方脱口而出的话，恶言恶语像是从内心最黑暗的地方喷发出来的，连他们自己都觉得陌生。

他们从不吵架。他们只有对彼此的冷漠和疏远，这是一种已经把他们牢牢控制住的接近动物般的厌恶。他们睡在黑暗中，恐惧地感受着邻近的那副身体的气息和热量，如此接近却又如此不共戴天。他们还在克制着他们的声音，但是谁也不把床头灯打开，这起码能让脸上的表情自由地表现出他们的忧伤和仇恨。他俩的身体都僵持着，尽可能地远离对方，但是他们每动一下，两个人已经彼此习惯了的、极不情愿地贴在一起的身体，就因为生气而一起颤抖着，就像从前他们一起因为欲望而颤抖一样。

“你从来就没爱过我！你没心没肺。你从来就没给过我一点点温情。”

“那你呢，你可真是阿贝尔·撒拉的女儿啊，利欲熏心，爱慕虚荣，除此之外一无是处。”

她轻轻地干笑一声。

“利欲熏心？我建议你说这个词！……嫁给你这样的一个穷鬼，我得了什么利啦？……想想吧，想想吧！那时你既没有钱，又没有前途，甚至连职业都没有，而我，我是……”

“是的，我知道，你是撒拉家的千金小姐！……前程似锦，养尊处优！……还有丰厚的嫁妆……我们等来的却只是拍卖行、执法员……可我指责过你吗？我没把你养活吗？”

“靠你养？你以为我什么都不知道吗？你以为我对你和兰昆同流合污的事情一点都不知道吗？……你以为我不知道股票的事情吗？我当时病得那么重，孩子才出世，我们一无所有，一分钱也没有，每天就吃点面包，反正你能弄到钱，可以照顾我，救我，可你却没有做！……你以为我不明白你的如意算盘吗？得了吧，你还嫩着呢，”她小声说道，声音里充满了仇恨，“我还没傻到那种程度……当你还是个可怜巴巴的穷学生，在沙龙里既不知道怎么站也不知道怎么坐时，所有那些同流合污的事情我就已经知道得一清二楚了……你想闯进兰昆的核心圈子，参加到他的秘密勾当中，一有可能就准备敲诈勒索，利用他的政治才华来实现你自己的野心……噢！不要笑……你必定非常嫉妒他，我看得很清楚……”

“不至于。”他柔声说道。

“嫉妒这个词也许并不准确……你是觊觎……就是这个词……你的心里只有觊觎和怨恨……而且你一直是这样……一边是自己的前途机遇，一边是妻子孩子的痛苦，哪一个做丈夫的，哪一个做父亲的会像你这样算计、谋划、思虑、权衡？我和孩子，我们俩在你的前程规划中是两个可有可无的角色，承认吧！……我们只是个一无是处的负担。假如那个时候我可以死掉，孩子也跟我一起死，你是不会惋惜的，嗯？这就是你所需要的。这就是你希望的。”

“那时我们举目无亲，周围都是些漠不关心的人，我没有钱，没有工作，只有一个希望：兰昆。我把希望寄托在他身上，你还指责我这么做？……为什么？……你从我的盘算中，从我的野心中捞到了好处，你是第一个从中捞到好处的……我承认自己不大想到你，可你呢，难道你很关心我吗？假如我当时答应接受那几万法郎给你治病，一旦你的病治好了，美貌也恢复了，你会不急着把我甩掉，就像你现在准备做的一样？一旦花掉那笔钱照顾你，让你过上舒适的生活，给你快乐，那我还剩下什么呢？啊！要是你以前能让我信任，要是我能感觉到你的柔情和忠贞……我现在就会全心全意爱你，”他突然说道，更像是对自己而不是对她说话，“你可以不相信我，但我发誓我说的是实话……是你，是你把我变成我现在的这个样子的！什么也不要指责我。我是铁石心肠，没有错，但我热烈地希望，在这个流氓婊子的世界里，我这颗冷酷的心不要改变，这颗心是你把它榨干了，你难道没发现吗？”

“是我？……你疯了……”

“你还记得博罗歇吗？”他喃喃道，即使是在过了许多年后，每每说到这个名字时，他的心都会隐隐作痛。

“博罗歇？……你的记忆力还真不错……”

“我什么都没有忘记，”他低声说道，“你让我心里充满仇恨，因为我全心全意地为你牺牲，而你却只想着这个：利用我对你的全部的疯狂的爱，因为你知道，你得到了我的爱……刚开始的时候，我对你的爱情中是没有一丝一毫的利益和野心的。你知道，不是吗？是的，你想利用我的天真、柔情、希望和青春，然后欺骗我，并嫁给博罗歇！……是的，我非常清楚，这很平常，很普通……只是，这让人刻骨铭心。”他轻轻地说。

“孩子气的玩意儿……”

“没有孩子气……这是唯一刻骨铭心的东西……过后，忘记了……过后，原谅了……所以，你，我非常清楚你要离开我去投奔兰昆。你以为这会伤害到我吗？……去吧？谁拦你了？去吧……”

“兰昆？谁告诉你……”

他笑了：

“妻子撒谎的本能反应。你把什么话都跟我说了之后，开始退缩了……这么点不足挂齿的小事。你希望这种事影响到我什么？……这个正派的兰昆会为我服务到底的。我们再也不能在一起生活了。我们可能会分道扬镳。可现在，就像以往一样，他又在听我的吩咐了……‘这个女人妨碍你了？那好我来负责吧。’有意思的兰昆！……他还以为我蒙在鼓里！……但他一贯如此……他总以为是他在推动世界前进，是他在指挥国家机器，因为他在后面跑，吹着大喇叭……你和兰昆，你俩在一起，可真是天生一对宝啊！”

“他比你强多了！……”

“得了吧！……别过早地把你那部长夫人的角色太当回事……你跟我一样了解他……你知道他的无能、他的自负、他的谎言。在我和他之间，你选择他，是因为在目前，跟他最划算。他已经被打倒被踩过，后来他又重新站起来了。所以，他是最厉害的……你将把从我夺走你的那刻起失去的生活接着过下去。这是一个年龄更老一点的博罗歇，也许也没博罗歇那么有钱，但从某种意义上来说更可靠，你知道如何随心所欲地使唤他。一切都会非常如你所愿地……”

她低声问道：

“我们离婚吗？”

“你什么时候想离就离。”

“那孩子呢？”

“孩子？”

他让人难以察觉地叹了口气，但他知道自己根本不关心这个孩子，也不关心这个世界上的任何事情，除了玛丽……

“孩子当然跟你了。”

她的呼吸更舒畅了，低声说道：

“这更好……”

他们不再说话了。但他们在一起躺了很长时间，睡不着，在黑暗中睁着眼睛，屏住呼吸，忍住不让奇怪的、冰冷的眼泪流出来。

八

让-卢克的非凡天分，在于他可以根据自己的意愿来塑造命运：现在棋子从他手上溜走了，玩它们自己的游戏去了，这一点自由的迹象他也得派上用场。

他坐在兰昆的对面吃午餐，听他说话，心里寻思着：

“我要离开爱蒂和他……爱蒂是我这一辈子看得见摸得着的失败。我现在比我年轻的时候更加雄心勃勃。我渴望在感情上和物质上取得同样的成功。所以，要摆脱爱蒂，与此同时让那个我照顾不到的孩子的命运得到保障。爱蒂是个错误，一个没有结果的办法。会有其他女人接踵而至的，会有另外一个女人来到我的生活当中……与此同时，离开兰昆……兰昆能够给我的，我都弄到手了，人际关系、影响力、对政界和政坛人物的认识。现在，我可以用不着他了。再说，他是我的政敌了。他现在还不知道。可我，我感觉到了，我看见了。我知道太多的事情。我见过他落难时的样子……我见过他泪流满面……这些事情是忘不掉的……让兰昆把爱蒂娶回家，让这两个人在我的一手安排下结合，这将是阴谋的一个高尚的结局。而我，我自由了。”

他一边想，一边还在跟兰昆说话，回答他的问题，听他说话：

“我的好孩子，请你相信我，我已经知道情况了，我只会说我已经了若指掌的事情。多亏我的努力，一场战争被避免了，这场战争如果打起来，对我们的拉丁文明会是灾难性的，而且可能会动摇世界的根基，意大利……”

兰昆说话声富有金属质感的音色，像一首美妙动人却没有灵魂的诗歌一样，叩击着让-卢克的耳膜，一段时间以来，他都在练习低沉、热烈、拿破仑式的声调变化。他没有低估兰昆的智慧和才能，但透过今天这个志得意满的兰昆，他总会看见一个穿着睡袍、趿着拖鞋的男人的影子，一个疲惫不堪、焦虑不安、众叛亲离的男人，也是在这同一个餐厅里……是那么孤独……这个正直的兰昆，他现在满世界都是朋友！电话机放在两副餐具之间，电话铃每时每刻都在响起，他抓起听筒，回话，然后对让-卢克说道：

“没什么事，对我十二号的演说表示祝贺。无法形容的激动。我早就知道了。在发表那个演说的时候，我的直觉告诉我，我一生中已经有一两次出现过这样的直觉，一个内在的声音仿佛在对我说：‘注意啊，我的老兄。将来你毫无疑问还会口若悬河、引人注目、思想深刻，但你终其一生将只有两三次能如此打动那群听众的心。’你想了解这种能力有什么奥秘吗，达格尔纳？……奥秘在于要有绝对的自我牺牲，没有任何内心的盘算。我的孩子，这个，这是一种伟大的力量，是雄性的力量，是领袖的力量。奉献自己的同时控制别人。”

他打住话头，叹了口气，带着美丽的伤感说道：

“然而，这些话到了明天就会被忘记得一干二净。或者，谁知道，这些话被曲解，被歪曲，满足贪婪者的胃口。可是，罢了！‘竭尽所能’，这是我的座右铭。”

有人过来倒咖啡。他站了起来：

“你记住。我怀念你给我做秘书的那个时候。你想自己单飞了吗？嗯，小家伙？”

他走到他身边，拧住他的耳朵。让-卢克心想：“是摊牌的时候了。”

“你听着，”他说道，“我必须和你谈谈……谈谈我……”

“谈你？”兰昆问道。

他显得并不着急，也不吃惊，只是提前感觉到极度的无聊。

让-卢克赶忙接着说：

“谈我但也和你有关，要是你喜欢……”

听到这里，兰昆的眼睛重新来了神，不过，他的脸上还是显示出了猫窥视时的专注神情。

“我听你说，我的老弟，但要简明扼要。你知道我的生活……”

他的肩膀做了一个疲惫的动作，让人想起压在他肩上的义务和工作的重担。

“你相信我对你的友谊吗？”让-卢克沉默片刻之后问道。

“你在我被所有的人抛弃的时候，帮了我许多忙。”

让-卢克有些激动。兰昆竭尽全力地说道：

“是的，我一定要说出来！我从来没有这么做过。生活会把我们带走的。但是，在胜利的时刻承认我感激你给我的友谊，对我来说是非常愉快的。你信赖我。像我这样一个男人，在生活中的某些时刻，一个小伙子，几乎还是个孩子（实际上你还只是个小孩子，即使是今天！你才多大年纪呀？）的信任，带给我的安慰相当于最有效的帮助。不，我永远也忘不了你是如何走进这里，我们第一次在一起吃午餐，也忘不了我说过的话，什么也忘不了，包括那段可怕的岁月。”

“那一天，”让-卢克说道，“你跟我说你自己，你那深沉的个性，我还记得起来。你让我看出公众人物和芸芸众生之间的区别。你让我明白雄心壮志在你的生活之中并不是最重要的。此外，还有一种感情……”

“哪一种？”兰昆迫不及待地问道。

“爱情……”

“啊！我可怜的孩子，爱情和我已经沾不上边了！爱情和幸福，我把它们留给你自己，留给年轻人！”

“爱蒂爱你。”让-卢克柔声说道。

“你说什么呀？你疯了吗？”

“你也爱她，卡里克特。”

兰昆脸色煞白。他没有把目光移开，但他的眸子更加明亮了，让人捉摸不透。

“你不至于认为我们……”他终于说道，“你不会以为我欺骗你了吧？……你知道我对你的感情……我对你就像对自己的儿子，让-卢克，我对你俩都怀有一种深深的感情……”

让-卢克残忍地由着他结结巴巴地申辩，既不说话，也不附带任何表情：他不只学会了控制自己的声音，还学会了不外露脸上的任何表情。兰昆的尴尬和担忧让他感到一种极度的快感。

他终于回答说：

“不要去猜测我的话有什么弦外之音。我没有怀疑你对我有任何卑鄙的行为和背叛……”

“谢谢，谢谢！”兰昆喃喃道。

“但你也不要跟我说是我搞错了。那不像你的为人。你爱我的妻子。”

兰昆低下了头。

“我的孩子，你知道一位英国大作家说过的那句辛酸的话吗：‘老年人的悲剧并不是人变老了，而是依然年轻。’那好！是的，是真的！我重新感觉到了……有什么必要否认呢？感觉到了爱情……我……”

让-卢克心里想，刚开始时，他是在演戏，而现在他在自己的眼皮底下创造的某种形象却变成了现实。

“也许，你并不懂得如何做这个年轻女人所希望的爱人？我发现她对你越来越不满意。我开始时爱她是因为我对你的友谊。现在……可怜的孩子，我可不想当第三者插足你们的生活。我们分开吧，让-卢克，她会忘记我的。”

“啊！不，”让-卢克嘲笑兰昆同时也自嘲地想，“你想一边充好汉一边甩掉我，一箭双雕？这么做，没门。”

他忧郁地摇了摇头。

“太晚了，我的朋友，我和爱蒂把话都说绝了。我们之间已经没有爱情了。你不像你以为的那么有过错。可能吧，我不懂如何让她幸福。但现在还不算太晚。既然你爱她，就不要有什么顾忌了。她是自由的。”

“那孩子呢？”兰昆小声道。

“爱蒂负责照顾孩子。”

兰昆突然跨到让-卢克前面，抱着他，吻了他一下。让-卢克非常吃惊地发现，兰昆的脸上流露出一丝确确实实的激动。

“一个家庭，让-卢克，有家了！……说实在的，这一直是我缺少的，你瞧……你想象不到我是多么的孤寂！你永远也不知道，当我看着你俩那么年轻，我以为你们那么相亲相爱地生活在一起时，我的心里是多么的苦涩和自责……”

他的手动了一下。他的两眼闪着真正的泪光。

“这真是左右为难，是个让人不舒服的两难抉择。一方面是感激和友谊，另一方面是我对自己欠下的感情债。当幸福来到身边时，我能拒绝幸福吗？我活着并不只是为我自己。成千上万的人将会从我犀利的思想、我的活动，以及幸福带给我的青春焕发中得到福祉……”

“他对感情有一种不可思议的新鲜感，”让-卢克心想，“这些人只有在亲身经历之后才会明白死亡、爱情或幸福的真正含义。现在，兰昆像个年轻人一样，在自己身上感受到了几代年轻人老早就体会到的一切。”

“这么说，你答应了？我马上就去办理那些必要的手续。离婚很方便……”

“是的。可我没有做什么对不起你的事，是真的吗？”兰昆忐忑不安地问道。

“没有，我的老兄……”

“那么，”兰昆犹豫着说道，“你还和我在一起工作吗？……那会非常微妙，不可能……”

两个人都沉默了。

“阿尔芒·雷苏尔的确对你有着浓厚的兴趣。我党损失了你的优秀才华是非常遗憾的事情。大选就要到了。你还需要什么？钱。因为，其他的一切……你结识了许多要人，你也习惯了与人在场外交谈，你机智，说话还有些生硬和平淡，但判断力已经非常成熟了，这一点我很愿意向你表示敬意。而且，你在我身边干过！”

“这是真的，我的朋友，”让-卢克一边说，一边带着同样多的鄙夷和同样多的喜爱看着他，“在你身边，我学会了如何入木三分地看一个人。”

九

那个位于偏僻街区却充满回忆的房间对让-卢克的吸引力要超过玛丽本人。这样一来，在世界上终于有个角落，在这个角落里无须你死我活地勾心斗角，无须时刻警惕着别人的只言片语，也无须无休无止地专注于一种迅速被岁月耗损的愿望……

当他的双脚迈进那条在尽头闪烁着煤气火光的黑暗的走廊里时，已经有一种宁静的感觉传遍他的全身。他走进房间。窗户是开着的。那是在晚上，照常在很晚的时候。春天终于来临，灼热而焦躁。树上的叶子和花儿同时生长，但它们很快就被烧焦，落满了一地。

从前，在这个季节里，让-卢克开始时是被关在一所中学里面，而后进了一个营房，然后遭遇了大萧条年代，年轻人只顾得上应对自己的悲苦命运，看不见周围青春的光华。

只是到了现在，他才终于允许自己停下来歇一歇。

他发现玛丽总待在同一个位置，坐在一张铺着用旧了的红色棱纹绒桌布的桌子边，就着灯光读书。她的双颊消瘦，肌肉纤细发亮。他不知疲倦地看着她那一头深色的、色泽柔和的金发，和她那精致的疲惫的嘴，嘴角深深地凹了进去。然而，他一点也不觉得有爱情在发生。在赋予爱情一个名字、一个看得见的形式之前，必须在心中迎接爱情。他心想：

“这个女人不让我讨厌……”

他心想：

“她的身段很迷人。她最终会和我上床的……”

他明白她不爱他，但依恋他，因为只有他一个人来看她、关心她。他本人曾是那么悲苦，那么孤寂，完全能够明白在一座偌大的城市的角落里那种孤苦伶仃的滋味。她既没有家庭，也没有朋友，肯定连情人都没有一个。她整天都在含辛茹苦地工作。真是奇怪啊！……从前，他渴望爱蒂，是因为她与自己截然不同，因为她过的那种富有、光鲜、幸福的生活使他兴奋，让他向往和骄傲。但是，他心想，他对玛丽的兴趣却是因为他们之间同病相怜的感觉。

她很少说话，而且从来不提杜尔丹。但她会问他中学时代、年轻时候的往事，这样虽然没有说出杜尔丹的名字来，她还是能够重新捕捉到情人的形象，而让-卢克却没有察觉。

她听他说话，坐在离他有一点距离的地方，并不抬眼看他。有一天，天气令人窒息，晚上当他准备告辞的时候，她抓住他的手，柔声说道：

"别走……"

他朝她走过去。当他亲吻她的时候，她突然睁开了眼睛，用惊恐、陌生的神情看着他，仿佛才醒过神来。她说道：

"这不是，这一定不是爱情。今后别责怪我。也不要爱上我。今晚，我是那么孤单和绝望……"

她委身于他，但没有启开嘴唇说一句话，接一个吻。

十

爱蒂走了，走的时候把孩子也带走了。她准备去戛纳生活一段时间，就像往年一样。但是到秋天的时候，她将不会再回让-卢克那里了。到时候，可能会宣布离婚。兰昆主动提出把一切事情摆平。在某些情况下，兰昆的保护使让-卢克在生活中的梦想容易得让人瞠目结舌。在梦中，人们才会像这样渡过激流，越过高山，像乘风翱翔一样悠然自得。这种轻而易举使让-卢克吃惊，也使他忧心。时不时地，他惶恐而又气愤地察觉到兰昆的势力，一股冲他而来的势力……但兰昆惧怕他，他心想，兰昆谨慎对他，因为他本人也比较谨小慎微，已经有足够的经验不给任何人留下任何把柄，给兰昆留下的把柄比其他任何人还要少。他太了解兰昆了。

爱蒂走的时候，他建议爱蒂把自己喜欢的家具和物品拿走，不必等到判决分割财产的时候。她斩钉截铁地说：

“不，我什么也不想要。我恨这套房子……我恨使我回想起我们的婚姻的所有东西。”

他心想，她永远也不会忘记和他在一起经受过的贫穷。有些女人可以原谅男人的残忍和背叛，但她是想把物质生活中的苦难都留给他。孩子被带走的时候，这个他可能极少有机会再见到的孩子离他愈来愈远的时候，让-卢克感觉到一种揪心的、忧虑的怜悯之情，这也许是他第一次也是最后一次父爱的闪现。只是，他感到伤心的，不是这种孤寂——因为这是他热烈期待的，而是社会关系的缩减。那个女人和那个孩子把他变成了现在的这个达格尔纳，在生活中坚实地扎下了根，有了保障，有了金钱。

一个人的时候，他觉得自己就像从前的那个小让-卢克，无依无靠，漂泊不定，自由自在，太自由自在了……

他等着年底的大选，届时他可能会得到阿尔芒·雷苏尔和他的集团的支持。现在他可以让自己什么也不想地过几周。夏天来了，议会放假了，让他有些不安静的闲暇时刻，却是这个时代的人拥有的最美好的东西，最靠近幸福的东西。

他晚上和玛丽在一起，夜里也和她在一起。他还没有给这场爱情一个名分。他心想："这是个令人愉快的情妇……""这段关系会一直持续到秋天……"

但是，他的内心还没有弄懂的东西，他的身体已经提前知道了，当他在人群中，在咖啡馆的门口，在大街上认出她的时候，他的身体就会瑟瑟发抖。

有时候去赴约，他会心烦地想：何苦跟这个女人在一起浪费时间呢？她能带给他什么呢？……

他一边等她，一边想她的面容，想等待着他俩的夜晚，没有急不可耐，没有欲望。门开了，他马上就想：

"她来了。要记得我得早一点回去，我还有工作要做……"

与此同时，他的身体不听话地因为快乐和爱而颤栗。

她在他身边坐下来。他像平常一样对她说话，轻松自如，彬彬有礼，有些冷冰冰的，但是他情不自禁地寻找玛丽的体温，捕捉到她的体香，被他紧紧靠着的那副细腰，和他在黑乎乎的车厢里抚摸的那只乳房。他等着和她做爱，还有做完爱后的那段时刻和只有在她的怀里才能找到的宁静。他摇晃着这副轻盈苗条的身子，无论是对他那生病的妻子还是孩子都从未有过的那种深深的爱怜，现在这个陌生的情妇（因为他了解她什么呀？），这个女人却终于让他产生了这种感情……以前他从未有过这种怜爱，这种内心感情的流露。在这间寒碜的房子里，他感觉是多么的舒心啊！……从前，和爱蒂在一起，即使是在做爱的时候，他都得强加自己的意志，维护自己的威信，征服，“保全面子”。现在，却是另外一回事。然而，她并不爱他。也许她会爱上他的……

他温柔地紧搂着她那光溜溜的腰。

“你为什么和我上床？”有一天他问道。

当时，他们躺在床上，在一间沐浴着阳光的房间里，六点钟的时候，七月的一个漫长的日子。他给她送来的那些鲜花丢在灼热的阳光中，枯萎而死。

“不为什么……”她就像个孩子一样说道。

“你喜欢我吗？”

“您不让我讨厌。”她微笑着说道。

他用“你”称呼她，她则以“您”做答。和他在一起，她百依百顺，几乎像个奴隶一样，可她却又是那么遥不可及。

“可是，你到底有没有别的情人啊？你有过别的情人吗？……你回答啊，你总得说话啊。”

“这跟你何干？”

“那为什么又跟我呢？为什么？”他低声问道。

她慢慢地朝他转过身来说道：

“那好，告诉你，我也有生理需求。”她喃喃道。

她常常说些玩世不恭、不着边际的话，而爱蒂在沉默中，在一丝颤抖和眨眼的动作中，什么都显露无遗。这个女人说出的话比她的沉默更深藏不露。

他看着她，轻轻地摇摇头。

“不，不只是为了这个……没那么简单……”

在感觉到对她的爱恋之前，他已经以一种几乎是肉体的方式，与他们两人之间和爱相关的一切难舍难分了。与在她身边吃的水果、与那床红色的压脚被、与照在毯子上的阳光、与从邻近的学校传来的停在空中的叫喊声难舍难分了，那些叫喊声在某些时刻穿透墙壁，穿过时空，他在半睡半醒中听着，内心充满了宁静。

就这样，他习惯了幸福。

十一

九月的一天，让-卢克收到玛丽的一封信："您能在六点钟的时候到奥赛站台的那家咖啡馆，抑或到火车站里面的大厅吗？玛丽。"

一段时间以来，他见她的机会没以前那么多了，有的时候他整晚整晚地等她。对于他的指责，她几乎不做分辩，要不就说她在工作，她生病了。他不想为她痛苦。他不允许自己嫉妒、哀求她，为她掉眼泪。

前一天夜里，他也一直在等她，却也是白等了一场。在一家大咖啡馆里，在洪亮的管弦乐队的音乐声中，他的两眼紧盯着时钟，等待着。他周围的面孔在浓浓的烟雾中消失了。除了钟上慢慢地，慢慢地移动的指针，他什么也看不见。九点十分。九点一刻。这个时候嘛，还不算太晚。她会来的。九点二十分。那扇不停被推开的门，不停地拥进来、从他面前经过然后消失的人流……每一次一个女人的身影在门口出现，他心中那个可怕的希望……他想起从前他是如何等待爱蒂的……可是那个……那是多么的不一样啊！……爱蒂，在他的眼里不只是一个女人，还是虚荣心的满足，是梦想，是他的欲望和自尊心创造出来的一个半虚构、半真实的造物。而现在这个女人……

九点二十五分……那白色的钟盘以这种方式挂在他的正对面，就好像他怎么都躲不过一样。指针已经超过了五那个数字。她还会来吗？……唉，不会了，永远不会了……刚开始的时候，想着自己等待的那个人死了，这还可以忍受。然后，什么也不想了。觉得痛苦，但还在等。“她工作脱不开身？她病了？不，她背叛我了！”啊！太糟糕了，只要她能来，只要她在场，只要能闻到她的气息！只要片刻时间的安宁……十点差一刻。十点钟。没有人来。她肯定不来了。

“这样最好了。她走了，我会忘记她的。”

那天晚上，在走进车站大厅的时候，他的心情还是比较平静的。他推开那间小咖啡馆的门，他必须在那里等她。他没有见到她。他的心中马上充满了忧虑和一股无名之火。他穿过站台，在因烟雾和早到的黄昏而变黑的玻璃天棚下面来回走着。他心想：

“我在干什么呀？我疯了！我不能这样找她！”

他回到咖啡馆里，绝望地搜寻着她的面孔。看见她就行了，只看她一眼就行了！然后，就让她走吧，既然她必须走的话……在搬运工的嘘声中，他寻觅一个人影，一个声音，一张爱恋的面容……可怎么也找不到……他离开大厅，走到站台上。他的心脏因为担忧而怦怦地乱跳着。火车一列列地开过来，然后又开走了。此起彼伏的尖叫和奇怪的呻吟声让他瑟瑟发抖，奇怪的呻吟声就像是遭受痛苦打击后发出来的，实际上却只是口哨声、呼喊声和汽笛声。忽然，他看到她了。她的手上提着一只小箱子，身上穿着一件黑色的外套，头上戴着那顶永久不变的贝雷帽。她走到他的身边，问道：

“您为什么没有等我？我现在必须走了。我原来想和您道别的。”

“可是你去哪里呀？发生了什么事情？”

她没有回答。她拉起他的手往前走。

他问道：

“你要去很久吗？回答我呀，玛丽！”

她终于说道：

“我不知道。”

他们停下脚步。他们紧靠着一张凳子，人群从他们面前经过。她说道：

“我去找杜尔丹。杜尔丹被释放了，但他不能在巴黎居住。他被禁止在巴黎居留。我跟他一起走。我去和他一起生活。”

“你不要走！……杜尔丹和你……”

“我爱他……”

他身上的虚荣心在本能地起作用。有些人的虚荣心是那么强烈，使得他们无论是从肉体上还是从骨子里都摆脱不掉。“首先，不要承认，不要让她看出我坠入情网……”而与此同时，他惊恐地发现一些哀求的话语、懦夫般的祈求已经涌到了嘴边。他拼死抵抗，用超人的力量使自己平静下来，喃喃道：

“我事先一无所知。”

“是的，但我一直都在跟您说我有朝一日会走的。原谅我……我是一个可怜的女人！您很幸福，您，您有家庭，有事业，您会忘记我的……”

她紧紧地贴了他一会儿：

“原谅我……我当时是那么的孤单……您是不会明白的。但只要是女人都会理解我的处境。当时我都绝望了……为了得到一个朋友，得到温暖的怀抱，有一个鲜活的身体在我的身边，我本来都可以把自己的灵魂奉献出来的……可是，塞尔日，我爱他……您的心中只有野心，您只爱成功。您不会明白……”

“玛丽，那你怎么生活啊？”

她耸了耸肩膀。

“我不知道。”

“留下来吧！留下来和我在一起！我的妻子走了。我会照顾你。我会娶你。你会很富有，很幸福。”

他突然问自己为什么从来没把爱蒂的离去告诉她。他们真的是很奇怪的两个人，然而，要失去玛丽，他的心会碎的。

他还没有认输。他哀求她，抓住她，答应给她财富和快乐。一些男人习惯了支配别人，即使是面对一件无法挽回的事情，甚至是死亡的时候，他都不死心。火车开动了。她不再看他，也不再听他说话。她已经不在那里了。他绝望地吻着她那冰冷的手，无论他说什么话，她都用“不，不”来回答，声音极其温柔。火车尖厉的汽笛声时不时地盖过了他的声音。

“你现在要去找的那个人，你不理解他。牢狱、不幸已经把他变成了一个堕落、乖戾、与你曾经爱过的那个小伙子截然不同的人！你会受苦的……玛丽……我求你听我的话……你这么做是出奇的疯狂……你并不爱他。你只是在可怜他……”

“放开我，我必须走了。”她说道。她没有听他说话，试着把他用力地抓着的手抽出来。

“那我怎么办，我怎么办！”他喊道，“玛丽！……你看着我，瞧你一身的破衣服，你的脸色那么苍白！我会给你财富……我会给你……”

“不。”

“我会给你许许多多的爱。”他说道，说着这些话的时候，眼泪终于夺眶而出，那是耻辱的眼泪。

她挣脱开了，跳上车厢的踏板。突然，她朝他俯下身子，伸出手来：

“永别了……您走吧！……您快走吧！……别为我惋惜。我不值得您留恋的……”

火车徐徐驶离车站……

十二

玛丽离开后，让-卢克绝望地开始政治上的运筹。运筹对他的生涯来说是必不可少的，就像猎人要了解自己的猎物的出没习惯和狡猾一样。但这种运筹再也不能带给他任何幸福，连他经常体会到的那种强烈的自豪感都没有了。他回想起自己的青年时代。诚然，没有什么比得上一个人壮志凌云，却感觉到时间停滞不前，且不能把别人从他们占据的位置上撵走更可怕的了。但没有什么比费了九牛二虎之力却几乎收获不到幸福更辛酸的了。只剩下一个可能的安慰了：告诉自己这个世界上并不存在幸福。可他想念玛丽，想她的身子，想她那迟缓的忧郁的微笑，她就是带着这样的微笑接受他的亲吻的，然后他觉得幸福就在那里，或者至少有一种宁静的感觉，一种酣畅甜蜜的心灵的憩息，这也正是他所失去的。

他还在拼死抵抗，他心想，屈服于爱情对男人来说是不值得的，但是他不能同自己生命的这个部分做斗争，他的这部分生命渴望柔情，这种柔情在他身上复苏，需要养料，但他惊恐地感觉到这一次自己沦落为它的猎物。恋爱……爱情……这些字眼本身就让他无地自容。他的精神，他的个性，他身上最热烈最坚强的东西，只想了解、只迷恋生活刚强有力的那一面，只迷恋政治、成功和运筹，但他的内心却只有一个愿望：想要玛丽在身边，他要的还不是她的爱情，而是她本人，她的声音，她的体温。他知道在生活面前，一种刚强有力的态度才是唯一最重要的，唯一值得的，其他的一切则是卑下的、耻辱的，但他已经无能为力了……在青春年少的时候，爱情很容易战胜，因为年轻人的身上有太多的渴望……可他三十岁了，到了某些快乐已经失去了激励作用却又没到习以为常的时候。所有他喜欢过的东西，所有的一切，在他看来，都比不上玛丽在身边。

这一年的九月又干又热。晚上，他在那套空空荡荡的房间里工作，训练自己的思想和愿望。他不许自己去想玛丽。有的时候，他也能做到。但是没过多久，他就突然把手稿材料推到一边，俯下身子，头耷拉在胳膊上，闭着眼睛，一段时间来被严格控制的痛苦像海浪一样涌上来，占据了他的全身，于是开始疯狂地渴望玛丽，渴望她在身边，渴望她的体温。然后，那阵剧烈的痛苦减轻了，退潮了，只留下一阵阵像针扎似的隐隐约约的忧伤。这时，他就工作不下去了……他站起来，推开椅子，走到阳台上，回到爱蒂的卧室和小洛朗的房间。他把窗户开得大大的，试图放进所有可以呼吸的空气，但是那些个夜晚，天气是那么闷热，气流连一丝清凉的幻象都不给，使他身上的汗水怎么擦都擦不干。他光着脚丫，在四面墙壁之间来回踱步。所有的门都是开着的，一阵不间断的风吹得桌子上用一块厚厚的水晶镇纸压住的信函哗啦哗啦地响。玛丽……他回到自己的房间，扑到床上，把枕头紧紧地抱在怀里，就像从前在绿岛楼上的那个小房间里因为爱蒂一样……当年他是如何战胜对爱蒂的爱情的？他绞尽脑汁，试图找出是什么样的冷酷逻辑使他远离了爱蒂。那个时候，他只会去爱接受他并百倍回报爱情的女人……但现在他却不需要玛丽给他爱情。即使她不忠实，他也爱她。即使她还爱着杜尔丹，他照样爱她。他是他内心深处的一股狂暴势力的牺牲品，他并不了解这股势力，它让他感到恐惧，比他更加强大。他重新感觉到孤儿般的痛苦，他心想：

“真滑稽。我现在只为我这一生中缺少的东西感到痛苦。孤独，心冷，年轻的时候愉快地忍受的那一切，所有被人们以为是磨练意志、培养毅力的东西，所有这一切，现在都一起向我袭来。这不只是玛丽的离去，不只是唯一的不幸……而是所有不幸的总和，握紧拳头，咬紧牙关，默默地，毫无怨言地，不允许叫苦连天地忍受所有不幸，而这些不幸，无论你做出多大的努力，都难以抹去……”

这些令人窒息的夜晚，让-卢克哭天抹泪并不只是因为她失去了玛丽，而是因为他活在这个世界上却没有温情，因为爱蒂背叛他，因为他没有了儿子，因为他感到冷，因为他觉得饿。他心想：“人的一生总是在战斗中度过，气喘吁吁，奋不顾身。人们自以为是胜利者，但所有的屈辱，所有的失败，所有的失望和苦难，所有这一切都蛰伏在你的身上，等待着时机，有朝一日卷土重来，让你窒息，就好像孩子的脆弱在成人的心中警戒着一样，准备把他击败，把他打垮。”

黑夜过去，白日来临。他重新开始工作，但他不能抑制内心深处的惶恐，对温情的渴望，以及对爱情的极度渴求。

十三

从让-卢克开始寻找杜尔丹住在哪一座城市的那一天开始，他就知道自己完蛋了。他气愤地想：

“可我何苦要喜欢那个女的？何苦呢？”

他可能会出发去寻找。他可能试图把玛丽从杜尔丹手里抢过来。她会同意的……她对他有一点点温情，似乎有点像是感激……谁知道呢？也许可能还有点爱情？……没有被她爱上，他是不甘心的。他的内心深处有一个可怜的希望。可怜吗？不，相反，它是那么强烈，那么顽强，那么不顾一切。虽然玛丽已经走了，虽然她已经说过那些话，他还是不能把这个希望驱走。

“她和杜尔丹在一起快四个月了。她和他一起过着缺吃少穿的穷苦日子。谁知道呢？”

他还拒不承认地想：

“也许，因为他，她会同意？……只有我一个人能帮助他们……”

他总是左右着自己的命运，他从来就不甘心，在爱情上也一样，他努力地见机行事，利用她本人的软弱。他会接受杜尔丹的，但他需要这个女人，他需要满足这种失去理智的痴情。他利用自己在爱情上的能力，利用他已经在日常事务中使用过的技巧：狡猾、耐心、对人心的洞悉及对人性的洞察。在人生的某些时刻，心灵中只有感情的唯一的位置。雄心壮志、贪得无厌和已经习惯了的征服，到目前为止他所拥有的一切，统统融化在这种感情之中。一得到杜尔丹的地址，他随即就出发了。

杜尔丹住在卢瓦尔地区的一座小城里。让-卢克是夜里到的。他走出火车站的时候，租了一辆由一匹老马拉着的马车，马车穿过一条条黑漆漆的沉睡的街道和一座灯光很暗的桥。一座小山冈上亮着一些微弱的灯光。他听见活动遮板关上的声音，门背后上锁链的声音和街上的马蹄声。然后他们离开了河堤，在一个阴暗的小咖啡馆前停了下来。

让-卢克走了进去，楼下的大厅里空无一人，地上铺了一层木屑，走在上面没有脚步声。桌子已经沿着墙壁摆好了，椅子叠着堆放在一个角落里。然而，在隔壁的那个房间里，有一盏灯亮着。几个男子还在那里玩牌。还不到九点钟。让-卢克问他们杜尔丹在哪里。

他们给他指了指二楼的一扇门。楼梯很窄，镶入两面墙壁之中。让-卢克在黑暗中摸索着，慢慢地走上去。他敲门，听出了杜尔丹的声音，然后进去了。

房间里除了一张桃花心木做的特别大的床和两张草椅之外，没有别的。玛丽躺在那张床上。杜尔丹在写东西，腿上放着一张吸墨水纸。他发出忍了一半的惊叫：

“是你？”

杜尔丹几乎没有什么变化，但他的脸色更加苍白，而且显得病恹恹的。让-卢克向他伸出手。杜尔丹犹豫着要不要去握它，最后冷冷地问：

“你还记得我？”

他补充说道：

“我知道玛丽去求过你……”

让-卢克没能启开嘴唇。杜尔丹推了一张椅子给他：

“原谅我们，这里太小了……”

他自己则坐到床上，坐在玛丽的旁边，玛丽面色苍白，默默不语。

“你干吗要生我的气？”让-卢克终于问道，“你知道，那个时候，我帮不了你。我既没有钱，又没有势力。现在情况可能不一样了……”

“是的，只是，现在，太晚了……但我一点也不恨你，老……一点也不，”他用嘲笑的、尖厉的声音说道，“那你，你好吗，你幸福吗？你妻子好吗？”

“干嘛要说我呢？”

“那干嘛又要说我呢？……你还关心我也真是太好了！你以为我已经是个没有用的废物，不能独自安排自己的生活吗？在监狱里生活和在别处生活是一样的。现在过的是出狱后的生活。当我不再被监禁在这里的时候……”

让-卢克看见玛丽那哀求的眼神，使他话到嘴边又收了回去。他知道杜尔丹可能会拒绝来自他的任何帮助。可是玛丽可能很高兴见到他，希望他帮助他们……他心想：

“就这样把她控制住……”

杜尔丹知道什么吗？他可能从玛丽的嘴里听到什么吗？……不会，玛丽在发抖，他看见了。她害怕一句话泄露了他们之间的私情。好了，他把她牢牢地控制住了。

他感到更平静了。他说道：

“你至少可以答应我，在万不得已的情况下会来找我帮忙吧？”

“那当然，老兄，那当然……”

他俩都不说话了。让-卢克走到那扇小窗户边，看了一眼空寂的大街和门前的一盏路灯：

“你们在这里住了多久了？……”

“从我出狱之后就一直住在这里。”杜尔丹用几近歇斯底里的奇怪而又尖厉的声音说道，但他的脸上却没有表情。

让-卢克心想：

“他快要死了，他爬不起来了。她一定明白这一点。她会回到我身边的……”

“我从玛丽那里听说你是卡里克特-兰昆的至交，你是下一届议员。你来看我，就不怕受到连累吗？”

“你知道不会，”让-卢克轻轻地说。

他等了片刻后，补充说道：

“你听着，假如觉得见到我很难受，就跟我说实话。我会理解的……”

“什么？”杜尔丹突然喊道，“你能理解什么？你以为我羡慕你，是不是？你以为我不可能不带仇恨地看着你那张幸福的面孔和那身漂亮的衣服吗？可是，你知道你本人看上去也不是很幸福吗，我的让-卢克朋友？……你既不是很平静，也不是很快活。也许，你也缺了什么东西，或者什么人？嗯？可哪能啊，你能缺什么呢？你听好了，我们曾经是那么好的朋友，我至少要对你坦诚相待。是的，我看到你很难受！我不怀疑你来这里是出于特别的好意，但我求你了，别管我！我跟你发誓我什么都不需要。我每个月从我叔叔那里领到几百法郎，你知道的，那个破产的叔叔？……是的，我不知道他是怎么弄的，但他能够给我寄这些钱。眼下，我不需要别的东西。能够活下去我就觉得很幸福。好了，现在你什么都知道了。你安心回巴黎吧。过你那荣华富贵的生活。我希望你当上议员、部长、共和国总统，希望你心想事成，得到所有让你喜欢的东西！现在，你走吧，我的老兄！走吧……”

就在让-卢克准备下楼时，杜尔丹转身对玛丽说：

“跟他一起下去。给他带路。”

她从杜尔丹的手中接过那盏点亮了的油灯，对让-卢克说：

“您跟我来！”

他俩从咖啡馆的大厅里穿过。她把油灯放在一张桌子上，和让-卢克一起走了出去。天在下雨。马车在街道的角落里等着。他抓起她的手，用断断续续的声音说道：

“来！跟我走！”

她摇了摇头，没有回答。

让-卢克问道：

“他知道了，是不是？”

“我什么也没说过，但他起疑心了，猜到了，我觉得……我好担心您那边采取什么措施，写一封信什么的……我跟他说过我认识你……”

她怎么都没法把手从他的手中挣脱开，雨打在他们的脸上。他倒是更平静了，信心十足。她受他的支配。他重新找回了力量。

“假如我能成功地让你离开这里，让杜尔丹获得大赦，你会更幸福一些吗？”

她不回答。他们的头顶上，杜尔丹把窗户打开了，他用尖厉的声音叫道：

“玛丽！”

她抬起头，打了个手势。窗户重新关上了。她绝望地说道：

“那样做也许能救我们，可是您从中能捞到什么好处？……我永远也不会离开他，您还没有明白……”

“找一个借口到巴黎来。我把什么都安排好，我什么都能弄到。只要能再见到你，把你留在我身边，”他边说边想起了把脸埋在玛丽的臂弯里，把整个世界都忘记的那些漫漫长夜，“只要这个……这种内心深处的安宁，只有你能给我的安宁……我不会嫉妒的，他也什么都不知道……你只要能来，能来……你听着，我对你发誓，只要你一来到巴黎，你就会在我家里拿到杜尔丹的特赦令，得到他完全的自由，我向你发誓。我将为这件事东奔西走。我什么都会做，我向你发誓……”

她轻轻地摇了摇头：

“啊！每当需要讨价还价，施诡计，您的兴致就来了……您现在走吧，走吧！”她急切地说道。

她登上台阶，推开门。他看见她穿过大厅，拿起那盏灯，然后不见了。他也走了。

十四

两个月过去了。让-卢克等待着。就好像从前，当他押宝兰昆，把希望寄托在兰昆身上时的等待一样，心里只有一个愿望，那就是功成名就，出人头地。他已经采取了一切必要的措施，以获得杜尔丹的特赦，只剩下最后一些手续了，玛丽一来，那些程序很容易就能办好。因为他可不会做任何无用功……他需要玛丽来到他的身边：把她买下来。他接纳杜尔丹，但他会采取威胁的手段，或者用金钱把他打发走。对他来说，无情的意志、粗暴、狡猾，都没有失去，但他会把它们投入到爱情之中。这时，他的事业出现了时有发生的那种停滞不前的状况，而之前，刚开始的时候，所有的一切都是那么一帆风顺，无往不胜。他不得不放弃某些职位，因为在这些职位上他太公开地照应着兰昆的个人事务。他想这样最好不过了……对于正拉开的选举运动，他最好暂时把与金钱相关的事情搁到一边，让人忘记他是阿贝尔·撒拉的女婿。这事情也真是奇怪，以前几乎没有人知道，现在却突然在一些不怀好意的文章中，在周围人的闲聊和含沙射影中出现。他低估了爱蒂对性格柔顺的兰昆的影响：现在既然她就要成为他的妻子了，自然就取代了让-卢克从前在他身边所占据的位置。兰昆是透过她的眼睛来看别人的。她成功地让他明白让-卢克是他的对手，他的天敌。这种敌意，让-卢克只是预感到而已，他还没有尝到恶果。他在阿尔芒·雷苏尔家里再次见到兰昆，兰昆已经变得冷若冰霜，心不在焉，一副“大老板”的派头，像天神之父朱庇特下到死人中间，蒙上了一层谨慎和沉默的面纱一样。

看着他俩在一起，看着他俩势不两立的样子，阿尔芒·雷苏尔好像找到了一些微妙的快乐。时不时地，他把目光从让-卢克身上移到兰昆身上，就好像他在评判他们，对他们进行估价一样。让-卢克平生第一次感觉到了一种极度的倦怠。他为之牺牲了一切的、打理得如此井然有序的事业，现在对他来说却显得如此无聊和暗淡，就像一条危险重重、充满艰难险阻的漫漫长路，却只通往一个确定无疑的结局，那就是死亡。权力和成功，那只是孩子的幻想。再也不存在成千上万的小国王在里面分享遗产的王国了。他离开了这些人，他太了解他们的情趣、反应、手势和话语，然后回到自己那套空荡荡的房间，想着玛丽，等待着她。

他肯定她会来的。只要有耐心和时间。而，实际上，他发现她来到他家。就像四年前她来求他帮助杜尔丹一样……见到她时，他并没有感觉到幸福，而是有一种极度的兴奋感觉。他柔声说道：

“一个星期之后，杜尔丹就可以回到这里了……我会帮他找一份工作。你别担心。什么也别想。我会帮助你。我爱你……”

他抓住她的手，抚摸着她的脸和头发：

“你！……你终于来了！……”

他紧紧地抱着她，发现她的身子由于发烧而颤抖得厉害。她那苍白的脸已经走了样，冷冰冰的手指把他吓坏了。

“玛丽……你病了吗？”

“是的，”她说道，“就因为这个，他……塞尔日终于答应您的帮助……我们没有钱，我们什么也没有。在那个小城里，所有的人都知道他是从监狱里放出来的，所以他找不到工作。他必须离开那里，必须走。”她的手指以一种他没见过的方式扭动着。

“我会给你钱的。”他说道。

她推开他，摇摇头说：

“不，不要……永远也不会要！……我要过您一分钱吗？我不想要您的钱。您给他找份工作……救救他！而我，我什么也不要！什么也不要。”

她急促地疯狂地说着这些话。他帮她在沙发上躺下来，低声说道：

“你在发抖……你发冷……别动……休息……”

她紧紧地靠着他，他身上的欲望没有了。以前他从未显露过的那种疯狂的，无论是他的妻子、孩子还是世界上的任何人都没有在他身上唤起的深情，现在却以一种可怕的力量把他控制住了……平生第一次，他不希望任何东西来替代他的痛苦。他坐在玛丽的旁边，她则把他冰冷的双臂紧紧地抱在胸前。

“等等。盖上这个，”他一边说，一边把一床暖暖的毯子盖在她身上，“试着睡一下吧……”

她突然睁开眼睛：

“我好想爱你，”她用微弱的声音说道，“可是，你对我的这种缺乏理智的疯狂，也正是我对他的感情，没有别的。跟你无法忘记我、离不开我一样，没有他我可能都活不下去。”

他卑躬屈膝地哀求道：

“玛丽，我只想再见到你。你不会拒绝我吧？我不会奢望从你那里得到任何东西，我也不会强求，但是当你俩都在这里的时候，请允许我去看你。我发誓，今天夜里，假如你想走的话，我让你走……”

她勉强一笑：

“我会是一个很悲惨的情妇……”

“答应我，玛丽！没有你我活不下去！”他张开哆嗦着的嘴唇，痛苦地说道。

她怜悯地看着他：

“我觉得，我给你带来了厄运……以前你是很幸福的……”

“不，”他的话里带着一股使他吃惊的力量和真诚，“我从来就没幸福过……我从来就没去寻找过幸福，可能也正是因为这个吧，幸福也从来没有光顾过我。我需要你，玛丽。杜尔丹与我相比真是幸福。可你都不会怜悯我……”

她闭上眼睛，挛缩的嘴巴颤抖着。他不说话了，把她紧紧地抱在怀里，贴在自己的胸前，然后她睡着了，靠在他的怀里，梦着另外一个人。

十五

玛丽还在睡，让-卢克几个星期没见到的弟弟约瑟跑来敲他家的门。让-卢克没有睡觉，他一整夜都守候在玛丽身边。他给约瑟开了门，一时间仿佛没有认出他来。

约瑟吃惊地看着他，说：

“我请你原谅……我打搅你了……我……”

让-卢克慢慢地把手放到他的前额上。

“你？”他说道，“不，你没打搅我……进来吧。”

他压低声音，以免吵醒睡在隔壁房间里的玛丽。约瑟误会了，问道：

“你妻子还在巴黎吗？……我原以为……”

让-卢克把他带到爱蒂的空荡荡的小客厅。约瑟看着彩色的墙壁，叹气道：

“这里多漂亮啊……”

他接过哥哥给他送来的咖啡。让-卢克问道：

“那你不在里奥姆吗？”

“我不去里奥姆，”约瑟猛然说道，“我想住在巴黎。噢！我来这里不会向你索要任何东西，只是，无论如何，你是我唯一的亲人……我想知道，假如在必要的时候，我能不能投靠你？……等等，我重申这并不是要你资助和马上救助。我暂时还是可以应付的，我打零工，我找到了一份助理摄影师的职位，在一家报社里。我勉强能生活。可是，今后，假如全都失败了，我想知道、想确定我是不是必须落寞地离开巴黎……”

“你何苦要这么做？你原来已经有一份职位了，有稳稳当当的谋生手段……要是我，在你这样的年龄，我会很满意的……”

“不。”约瑟低声说道。

“你这样认为吗？也许……可是，你现在的工作有什么让你觉得多么了不起的？”让-卢克用疲惫的声音说道。

“首先，可以自由地、尽可能地过我自己的生活，不求任何人，也不让任何人今后有权力干涉我自己的生活。”

“我明白。”让-卢克说道。

但他似听非听的，他的一切思想都凝聚到玛丽身上了。她还在睡吗？她感觉好些了吗，休息好了，还是更难受了？……他看着站在窗前的约瑟，他那张棱角分明、闪烁着智慧的面庞，他那双冷峻的眼睛……这冷酷无情的目光第一次让他震撼，这双清澈明亮的眼睛在世界上只寻找它们自己反光的地方。他问道：

“那你的母亲呢？”

约瑟皱了皱眉头：

“她走了，她……”

“据我对她的了解，你那么容易就得到她的同意，我很吃惊……”

“我没有费太大的劲……她没法阻止我过自己想过的生活。除了放我自由，她也不能为我做任何事情。这是最起码的了……这是父母亲给我们的唯一有效的帮助。你不信？”他忽然问道，一边问，一边抬起头，把头发猛地甩到后面，甩头发的动作迅猛、不耐烦，几乎还是孩子式的。

让-卢克把手指压在嘴唇上。

“嘘！别那么大声……你会吵醒……”

“你妻子吗？对不起……”

他压低声音，怯生生地说道：

“我准备走了，让-卢克。”

但他并没有走，他好奇而又焦急地看着哥哥，终于打动了让-卢克。

让-卢克更加柔声地问道：

“我以为你来这里问我一些经验教训一类的东西……不是这些吗？”

“不是。可我还只是个孩子。你呢，你已经在里面挣扎了好多年了。你也是像我一样开始的。说到底，我们是同一代人。我们出生得太晚了，有些生不逢时。”

“‘生活盛宴上的不幸宾客’，小蛋糕都一个不剩了，酒吧招待把鸡尾酒调和器都锁起来了。”让-卢克说道。

约瑟微微一笑，他的微笑本身都好像充满怀疑，嘴唇才启开一点点，微笑随即就消失不见了。

“妈妈对我说我没有权利就这么牺牲她，说她在世界上没有别的依靠，首先为她着想是我的义务。可这不是真的，对吗，让-卢克？……我们只有一生，如此宝贵却又如此短暂的一生……”

“放心吧，”让-卢克心想，“生活，与别人想的恰恰相反，在你这个年纪才会显得短暂。当你没有了那种自命不凡的感觉后，生活会很漫长。那种感觉少得可怜，人们转了一圈后很快又回去了：成功，失败，短暂的快乐时光……”

但他没有把这些话说出来。他突然想，他应该把这些话原原本本地告诉父亲的，告诉一个老人，而不是这个孩子。在这个孩子面前，他为自己已经变得老气横秋，变得温情脉脉而感到羞耻。

他换了一种语调问道：

“可是，现在的工作实际上能给你带来什么呢？你的这种新生活吗，一定很艰难，很难过吧？”

“我可以见到许多人，”约瑟激动地说道，“你笑，你！这一点自然很像你。你忘记了……你知道维希纳的那个家是怎么回事吧？还有，在你那个时候……”

“噢！我几乎不了解……”

“那当然，我总说你运气出奇的好……可我呢……我母亲、克洛蒂娜，还有中学。除此之外什么也没有。周围有那个世界，却是陌生的，可望不可即的，你明白吗？现在可好了，我可以看到这个世界，触摸到它，”他一边说，一边伸出双手，就好像他真的感觉到世界在他的手指下战栗，“这……真是难以言表……”

“是的，激动人心，但徒劳无益。”

“怎么说？”

“要知道人们如何行动，只要有智慧就行了。而要知道自己该怎么行动，则需要经验。”

“我每一天都试着严格自律，”约瑟低声说道，“我觉得我很了解自己……”

“我不怀疑。”让-卢克以难以察觉的嘲讽口吻说道。

能跟约瑟说什么呢？……他到了这个时候，才开始隐约看见对他来说什么是真理，它占据了他的全部身心。他不想与别人分享。他心想：

“假如我跟他说，我这个做哥哥的，你崇拜我的沉着冷静、我的冷酷无情、我的功成名就、我那实现了的抱负，但实际上我却成了最卑鄙可耻的爱情的猎物。还不是爱情，是我自己，是我从来都没有得到过的，所有我摒弃的，所有我觉得耻辱低下而实际上也的确是耻辱低下的……这才是最可怕的。我非常清楚我这是一种可鄙的懦弱，一种卑劣的感情，但它比我强大，我斗不过它。约瑟什么也不会懂的。我的父亲从前不也跟我说过同样的话吗？可我没有听懂……这种事情仅凭本能或者理智是理解不了的，而需要在吃饱肚子、心情平静、内心有更高的要求的时候……啊！多糟糕……聊以自慰的是，那些步你后尘的人跟你一样傻傻的，同样脆弱，同样不幸……”

他动了一下，好像听到了玛丽的声音，她在叫他。他一心只想把约瑟打发走，单独（就那么点时间，我的天老爷啊……）和玛丽在一起。他拿起丢在桌子上的钱包，抽出一张五百法郎的纸币，把它塞到约瑟的手里，然后站起身来。约瑟明白了，接下了钱。让-卢克心想他来就是为这个的。他轻轻地把他推到门口。

“原谅我……有人在喊我……你想什么时候回来都行……”

约瑟终于走了。让-卢克赶忙朝玛丽走过去。

十六

“塞尔日不想到巴黎生活。我们离开法国。抱歉。”

在穿越那座小城的马车里，让-卢克不断地重复着这几句同样的话，写在昨天收到的那张纸条上的话。玛丽走了。他永远也见不着她了。塞尔日知道了，猜到了他和玛丽之间的事情，于是把她带走了……多亏了让-卢克的帮忙，多亏了他那疯狂的爱情，他俩现在自由了。他激动地想：

“我受骗上当了，我做起事来就像个孩子。我痛苦啊。我应该听天由命，永远也不再去见她的，可我做不到，我不甘心啊……”

他又一次回头去找杜尔丹，打算哀求他，威胁他，收买他，从他那里得到这个女人。他绝望地想：

“可她连漂亮都谈不上啊？……到底是为什么呀？”

他俯下身子，朝车夫喊道：

“再快一点！再快一点！”

车夫挥动着马鞭，但是，几乎在同一时刻，那匹马又慢了下来。他们过了那条河和林荫道，所有的一切都是那么宁静。那是一个三月天，一个风和日丽的日子。他没有认出那些房子和街道的布局。他甚至不知道还能不能在这座小城里找到杜尔丹和玛丽，说不准他们已经离开了。他们在哪里？他像个疯子一样寻找玛丽，他必须触摸到她，听到她的说话声。他对她是如此的期待，如此的渴望……可是现在！……要是碰不到她的头发，摸不到她的乳房，他会死的……如此受折磨真是奇耻大辱啊！他会杀了杜尔丹的，假如他的死可以让玛丽回到自己身边的话。但最好是给他钱。“他是不可能拒绝的！……即使私下盘算着回来把玛丽抢走……可他爱玛丽没有我爱玛丽那么深……没有她，他还不照样过了五年……可我……”

他心想：

“可到哪里去弄钱呢？”

因为在他周围的所有的一切都好像同时坍塌了一样。这是因为兰昆表现出的敌意，还是自己已经到了人生的这个节骨眼上，周围的一切同时散开、动摇并且土崩瓦解了？……肯定是死亡的先兆……他的职位一个接一个丢了，钱也没了。他只剩下一线希望了，在下一届议会任期里的议员席位，可是就连这件事也是千头万绪，他没有时间，也没有精力把这项沉闷的工作理出个头绪，并努力做好它。他对所有那些人都是嗤之以鼻。他们拉帮结派，沆瀣一气，而他却是孤军奋战，他从来都是孤军奋战。他刚开始生活的时候，就缺少家庭、朋友和一个团队的支持。这个兰昆就是被他人为地吹捧、想象出来的。他觉得脱离兰昆这步棋走错了。但他能怎么样呢？有个爱蒂横在他们之间。啊！所有的棋子都掉转头来对他穷追猛打。但所有这一切都无足轻重，所有这一切……只要玛丽……他绝望地重复着她的名字：

“玛丽……”

除了玛丽，世界上的一切他都腻味了！……他已经厌倦了这种不停地从手指间溜走的生活，这种必须无休无止地组织再组织，塑造再塑造的生活……

只有和玛丽在一起，他才能歇一口气，休息，找回在许多年以前，在成长为一个青年之前，在成年之前才体会过的那种妙不可言的逍遥自在的感觉……但是，事实上，他真的体会过了吗？他好像一直以来总是这样，总是那么紧张、辛苦、怀疑、郁闷。只有跟她在一起，他才心甘情愿成为一个最卑微的人，愿意付出比回报更多的东西，也只有依偎在她的怀抱里，他才能体会到安宁，那种妙不可言的酣眠，在这种酣眠中欲望安息了，那种痛苦的自尊也沉睡了。

马车停了下来。他走下马车，在街上徘徊良久都不敢敲那扇门。咖啡馆里空无一人，就像他第一次来的时候一样。最后，他还是走了进去，穿过大厅，走在铺着木屑地面上听不见他的脚步声。他走进隔壁的一个办公室，一个女人告诉他，杜尔丹先生和夫人都不在家，但他们随时都可能回来。他问道：

"他们还没有走吗？他们不会走吗？"他希望那个女人说出这些让人安慰的充满希望的话：

"没有……他们还在这里……"

她补充道：

"我认为他们月底就要走了……"

"去哪里？"

"啊！我不知道。我想他们要离开法国。我知道他们十二号要在波尔多上船。但我不知道他们要去哪里。"

她好奇地看着让-卢克，可能很吃惊，这个衣冠楚楚的先生怎么会对一对流浪夫妻感兴趣。她突然转身问他：

"先生是杜尔丹先生的哥哥，是不是？"

"不是。"让-卢克惊讶地回答道。

那女人抱歉地说：

"对不起，我还以为……你们长得很像……"

让-卢克记得童年的时候，别人确实觉得他和塞尔日·杜尔丹长得很像。那时他是多么喜欢他啊！……可现在，杜尔丹对他来说只是最可怕、最无情的障碍。

“可他比我更幸福。”他泄气地想。

他坐在咖啡馆的一个角落里。夜幕很快降临。寂寞的大厅里只听见一个挂钟的声音，它整天都在走动，但被别的声音盖住了，被脚步声、说话声和玻璃器皿的撞击声盖住了。现在，它开始反扑，大厅里全是它的声音，它那嘶哑的叹息，它的嘎吱声，它的摆动声。让-卢克听着钟声，在人生的某些时刻，甚至在受到死亡威胁的时候，人会把自己全部的注意力都放在一些微不足道的小东西上。他听着钟声，痛苦地想：

“好像它会发出威斯敏斯特大排钟的钟乐。”

没有，它只是发出几声哀鸣般的当当声，然后又回到了意味着时间流逝的沉闷而又可怕的钟摆声。百叶窗关上了，他推开一扇，大街上一个人影都没有，冷冷清清的。他继续等着。

最后，他终于见到他们了。他们手挽手地走在一起。他们走得很慢，不慌不忙，洋溢着幸福。他看不见他们脸上的表情，但知道他们很幸福。她依然穿着那件很窄小的旧外套，他再熟悉不过了。他站起身来，心怦怦地跳着。慢慢地，门开了。他们走了进来。

杜尔丹第一个看到他。他们在那里站了一会儿，都不说话。杜尔丹比上一次见面的时候显得更平静，更幸福……是的，找不到更合适的词了，让-卢克心想，他很幸福……这个穷鬼，这个被普通法判为有罪的人很幸福……

他感到特别气愤。但他还是用一种哀求的语气说道：

“请原谅。在你走之前，我得跟你谈一谈，这事非常严重……”

“好吧，”杜尔丹说道，“上楼吧。这里马上就会坐满人。每晚都有政治会议，正在准备选举运动了。这个你肯定比我更了解……”

让-卢克默默不答。他没怎么在听。他凝视着玛丽。他们慢慢地登上那个通往杜尔丹的房间的楼梯。

十七

让-卢克在上楼，就像在一些梦里一样，狭窄得只能走一个人的螺旋式楼梯仿佛在不停地向前延伸，永远也没有尽头。杜尔丹手上提着的灯照亮了一根漆成灰色的轻便木扶手，以及墙壁上的一幅色情画。

他们走进房间。让-卢克又看见那张盖着红色羽绒被的大床、生了火的壁炉和那扇复折屋顶窗。是的，他没有弄错，尽管表面上很寒酸，这个房间对跟他一起进去的两个人是温馨亲切的。

玛丽在炉火边坐下来的时候舒了一口气，这口气是惬意的，安逸的。他们很穷，他们举目无亲，但他们生活在一起。他们就要走了。他们很年轻。他们的生活重新开始了。杜尔丹一语不发地在房间里来来回回地走着，整理文件，并不看让-卢克。

让-卢克终于开口说话了，尽量保持平静的语气：

“你们要走了？”

“是的，”杜尔丹说道，“玛丽给你写信了？”

“你已经知道了？”

他没有回答。

“你们去哪里？”

“去南美洲。那地方的名字你不会感兴趣。”

“你在那里找到一份工作了？”

“是的。”杜尔丹轻描淡写地说道。

“玛丽不跟你去。”让-卢克低声说道。

杜尔丹突然抬起头，他好像没看见让-卢克。他去看玛丽的脸。他俩不说一句话，但让-卢克捕捉到的目光是信任的、平静的。可能她已经把什么都说出来了。

“你知道她做过我的情妇吗？”让-卢克还在追问。

他强迫自己用平静不变的语调，但他的双手在颤抖，他也没能控制住嘴唇的抽搐。杜尔丹和玛丽一动不动、默默不语，好像在那里等着。

“她不该走。你让她过的是一种如此……如此悲惨的生活。你那么穷，塞尔日。你什么也没有。可我……她知道她和我在一起将很幸福。她和我在一起的时候很幸福，塞尔日。”

玛丽动了一下，想说话，但塞尔日轻轻地摇了摇头，她便止住了话头。

“她和我在一起很幸福，我发誓！你即将过的那种生活，怎么受得起一个女人的拖累？你好好想一想！那是不可能的，很可怕的。塞尔日，你听着，我会弄到一笔钱，”他绝望地说道，“你想要多少钱，我都可以给你。只是，你离开！……把她留下……你不必马上就回答我。你好好想清楚！……你已经……完了……你已经什么都没有了。没有钱，你的生活注定要失败的。你们满怀希望地去到那边，但是你们会被迫过上贫苦、耻辱的生活。而当你一个人的时候，用我给你的钱，你就有可能得救！你们已经分开了。你们在一起生活过了！好好想一想吧，塞尔日。记住，你们现在不接受，可半年以后，你们将会因为拒绝了我而后悔的……”

他抓起玛丽的手：

“来，我求你了！来。他会更幸福的，相信我。来……没有你我活不下去！”

楼下的大厅传来越来越大的喧闹声，脚步声和说话声交织在一起。突然，杜尔丹打开门，把让-卢克猛地推到外面。那座狭窄的楼梯没有平台，让-卢克被推到最上面的那一级楼梯上。杜尔丹从紧咬着的牙缝里费力地吐出一个字：

“滚！”

“塞尔日，我不会放弃她的。你不懂。你不了解我！我从来就不强求什么，可是这个女人……我需要她。”

从他嘴里说出的话是多么笨拙和苍白无力啊！……用语言是无法自卫的，而要用牙齿和拳头。他不由自主地朝杜尔丹的脸挥起了拳头。

“我揍……”

杜尔丹突然往后退了一步。后来，让-卢克想到，由于他的这个威胁性的动作，从前的那个习惯了暴力的犯人感到害怕了，还有，他的这种卑鄙的暴跳行为，杜尔丹永远也不会原谅，那张到那时为止还很平静庄重的面孔突然因为气愤而变得扭曲起来。他尖声叫道：

“救命啊！……救命啊！……”

楼下听到椅子的挪动声。一扇门打开了。一些人出现了，吃惊地看着黑暗的楼梯。

“救命啊！他想杀了我！他想打我！这人就是达格尔纳，让-卢克·达格尔纳，雷苏尔那个党的希望，未来的议员，他到这里来想用钱封住我的嘴巴，要我不要把我所知道的关于他的事情张扬出去！……他是撒拉的女婿，你们知道吗？……那个破产的撒拉！……他和撒拉一起瓜分了储户的钱！……”

让-卢克揪住杜尔丹的肩膀。两个人一起滚到了楼梯下面。

众人把他们拉开了。在可怕的喧闹声中，还能听见杜尔丹在那里大喊大叫：

"达格尔纳！……你们好好记住他的名字！……达格尔纳！……"

让-卢克的双手被擦破了皮，衣服弄脏了，最终他走到了外面。

十八

随着大选日期的临近，整个国家都是记者，在守候着丑闻的发生。袭击事件发生的第二天，一份地方小报就刊登了这条丑闻。巴黎的一家报纸做了转载，人们在让-卢克的人生经历中发现了撒拉的名字。

人们早就知道他娶了撒拉的女儿，但在巴黎什么事都会很快就被忘得一干二净，所以这个名字几乎唤不起什么回忆。但那些反对雷苏尔的报纸抓住这件事大肆渲染，大做文章，还刊发了让-卢克结婚时的一幅照片。这严格地说并不是杜尔丹事件引发的丑闻，而是那些闪烁其词的谣言，兰昆差点也和让-卢克一样遭殃，因为他的政敌们急于利用这件小事使他名誉扫地。只是，兰昆经常受人攻击和失去人气，所以对他来说，这是小事一桩。发表一次演说，态度诚恳一些，许下一些诺言，就可以再一次为他扭转乾坤。

但对达格尔纳来说就不一样了：雷苏尔毫不隐讳地说出了他将要面临的困难。他用沙哑的农民腔调，他的说话方式，他那从不看对面的炯炯有神的小眼睛，温柔地、几乎带着慈爱和同情地接待了让-卢克。

“这件事可真麻烦啊，我的老弟……这件事是无中生有的，我同意你的看法，但是，的确也就是这些事情让人有口难辩……风言风语，人言可畏啊！……去弄明白这件事的后面暗藏着什么玄机……在撒拉那个时代，这件事可能不会给你带来那么多的损害，因为那个时候，有明确的、完整的指控。可是现在，我再跟你说，能怎么办呢？……只能是保持沉默，夹着尾巴做人，让暴风雨过去……为了党的利益，为了你本人的利益……”

让-卢克极度厌烦地听着。他心想：

“这种事不会再让我高兴……嗨，这才是最可怕的。这个才会要我的命……生活的趣味和意义已经失去了。我太熟悉游戏规则了……很早就知道了其中的细枝末节……我还有可能获胜，我还有可能激动，但是我对此已经毫无兴趣，它不会带给我任何乐趣……”

他离开了雷苏尔。他完全明白，假如自己参选，失败是确定无疑的。让-卢克寄了一封雷苏尔等待着的信给他：“经过深思熟虑……为了党部的利益……”

雷苏尔让库图给他回信，库图接替了他的位置，名字出现在所有的布告栏前面。

“您的选择是明智的。您是那么年轻……您还可以等待……”

在选举中，库图和兰昆一样被选上了。那天晚上，让-卢克从收音机里听到了消息。那天晚上，他独自一人，听着高音喇叭用沉闷的鼻音向人群吐出候选人的名字。时不时地，播音员停止说话，在遥远的外省聚集，在大街小巷的人们中，升起一阵阵低沉的几乎恐怖的声音，暴风雨般的叫喊声，时断时续的歌声。让-卢克全心聆听着。他多想重新感觉到那种壮志未酬的失望，那种仇恨和对权力的渴望啊！……那样还能拯救他自己……可是，他什么都没有感觉到……他的血液里只有爱情，如此卑下的爱情，就像一股毒液……

十九

十二号，让-卢克去了波尔多。他什么都不指望了，什么也不期待了，但去一次那里的念头把他折磨得心力交瘁。他到达波尔多时，是一个阳光灿烂的日子。这个由石块、阳光和水组成的、几乎没有树木的城市，接收和反射着夕阳的光辉，让它们穿过一层白色的耀眼尘埃，就像是大理石尘埃一样。

在玛丽出发去波尔多的前几天，冒着被杜尔丹看见的危险，他给她写了一封信想碰碰运气。他乞求她在客轮出发之前去他的旅馆。她会来的，他心里想……也许因为她对杜尔丹也怀有这致命的绝望的爱情，所以比另外一个女人更能理解让-卢克对她的需要，以及和她见上一面的渴求。因为，现在他什么也不求了，既不要她的爱情，她的同情，也不要她的身子，只要能再见到她一次。

他下榻的那家旅馆建在剧院广场边上。当他走进那个光线明亮的房间，他感觉到一阵惬意。太阳此刻正在西沉，阳光在广场上，在粗大的石柱上，在剧院的台阶上闪耀着。旅馆的对面，一扇玻璃窗熠熠闪光。

让-卢克坐在两扇成直角的窗户中间。从他坐的位置能看到大街。他会从所有那些打那儿经过的女人中一眼就认出玛丽来。他等待着。他来这里没有别的目的。他等待着夜幕降临。他等待着玛丽的脚步声在门前响起，等待着她的面容、她的声音。她会来的，然后……他不再怀有把她留住的希望，他知道她要走的。他还会等下去……等黑夜过去，等太阳出来，等枕头上她睡过的地方变冷。在费了好大的力量想象这一切的时候，他给自己提了一个愿望：就一次，就一个小时……她一定会同意的……他等待着，在他周围，在他的身上，生命停止了，时不时地，他看着被阳光照过的窄小的白床，发现隐藏在这家旅馆里，躲在漠不关心的人群中间，潜伏在芸芸众生之中，终于找到一种他一直在逃避的温暖，感觉挺好的。

黄昏仿佛是从大地上升起来的，升到房屋半高的地方，而与此同时，屋顶上面和一些窗户玻璃还反射着大片的光芒。这是吃晚饭的时候。广场很快就空了。人们能听见关门的声音，百叶窗翻下来贴住窗户的声音。让-卢克半闭着眼睛，想起他最后一次见到玛丽的那座小城……他不停发抖。最后一次……不，不，不可能……然而已经超过七点钟了，轮船明天上午出发，有人跟他说过的。她会来的。

他俯身向前，用整个灵魂看着空寂的广场和尽收眼底的所有街道，她必定从其中的一条街道走过。

一些鸽子猛地扑向剧院的台阶。已经很晚了。他对面的那条小街越来越暗。现在他可能什么也看不见了，灯光只照射着柱廊和铺路石，行人则变得影影绰绰的。几分钟之后，咖啡馆就会向广场吐出一群看不清的人影。他闭上眼睛，只谛听旅馆里面的脚步声、门打开又关上的声音、叫人然后又止住的声音。但都不是她，从来都不是她……

他又重新开始估算自己有多大的机会，算得人都迟钝了，出现了谵妄。首先是那封信，那封信到了她手上吗？……杜尔丹把那封信截留了吗？……机会好像非常渺茫，然而，他知道她会来。他扑到床上，两只手紧紧地抱着冷冰冰的枕头，把它紧紧地贴在嘴巴上。他发狂地等待着，希望着。

他知道，这一次，不管是他的激情还是他的勇气，没有任何东西能帮得上他的忙，但是，这种绝望的顽强，是他最后的武器，唯一的武器。他不再想了。他不再痛苦了。只因为在他的心里，一种压迫感，一种生理上的窒息感是如此强烈、纯粹，有时能够排解掉痛苦。他似乎觉得他的呼吸将不会再从他那哽咽住的喉咙里经过。又一个惶惶不安的时刻，又一个满怀期待的时刻——是她，是她的脚步声，他听出来了，他在床上坐起来，他的牙齿咬住嘴唇，脚步声却走远了。

他多少次想象这急促的、犹疑的、在他房间门前减慢的脚步声，想象那轻轻转动的门把手和他自己的声音："是你吗，玛丽，你终于来了吗？"以至于当一切如愿地实现时，他反倒没感觉到惊喜，也几乎没感觉到幸福……现在必须把她留住，把她紧紧地搂在怀里，用尽全部的力量，永远也不再松开。

她走了进来。她在他身边的床沿上坐了下来。他没有开灯。他所需要的，并不是她的容颜，也不是她的眼神，而是她所有的一切他都可以得到，她那柔滑的肌肤、她的体温和她那微微颤抖的手指。

"玛丽！玛丽！你终于来了！我就知道你会来的。我一直在等你。我已经等你好久了，你知道吗？"

她任由他亲吻着。她感受到这种爱情，感受到让-卢克的这种疯狂的痴情，一直都觉得很甜蜜，跟她对杜尔丹的爱情是那么的相似。只是有的时候，她会表现残忍的一面，表现女人们对她们不爱的、没有看中的男人的那种近乎野蛮的残忍，但此时此刻，她可怜他了。她低声说道：

"为什么，为什么是我，而不是另一个女人？为什么，我可怜的小伙子，为什么？"

他用手指抓住她的乳房，揉捏着，眼睛都不看她地喃喃道：

"一次，就一次，最后一次……"

"不……"

"玛丽……已经有一次了，回想一下……因为疲倦，因为烦恼，为了在你身边感受到一个活着的生命的体温……可现在轮到我了……我是那么孤独，你要是知道……"

"不，不，像这样，对你没有爱情，没有欲望，爱的是另外一个人，离开你去找另外一个人，这能给你带来什么幸福啊？"

他用生气和痛苦的声调说道：

"这不是幸福！这只是暂时的忘却，只有你能给我……"

她没有回答。吻她的时候，他发现眼泪从她的眼眶中流了出来。

"你可怜我吗，玛丽？"他柔声问道。

她喃喃道：

"可怜你……可怜你……"

然后，她由着他要了最后一次。

二十

让-卢克等到黑夜的尽头，等到轮船驶离的时刻，就像他事先答应自己的一样，直到最后一分钟，然后再给自己一点点时间的宽限……（杜尔丹可能会死，战争爆发，还有什么别的事可以阻止他们离开？……）他等到他们俩交颈时在枕头上落下的印记消失，然后，他也走了，朝巴黎返回；然后，他心想，要把落下的生活重新调整到正常状态。

三个星期之后，初夏一个已经很炎热的夜晚，想要一千法郎和一顿晚餐的约瑟给让-卢克打电话后，应邀来到哥哥的家里。他知道哥哥没有参加大选，但他猜想这里面又有许许多多的阴谋诡计。他发现让-卢克很疲惫，面容苍老了许多，目光也很暗淡，但他的声音和从前一样平静，语调里略微带着比以往任何时候都更加苦涩、更加倦怠的嘲讽。他身上的衣服脱了一半，坐在阳台上，手里拿着一本书。生平第一次，约瑟发现让-卢克的面孔和他们父亲是那么的相像。他和洛朗·达格尔纳一样，看上去很谨慎。约瑟心想：

"他的失败给他多大的打击啊！……我啊，什么东西都不会使我气馁。"

和让-卢克在一起，约瑟从来也没表现出不信任或者冷漠，就像年轻人对他们的大哥哥一样。他是带着信任来找他的，跟他交谈就像跟一个同等的人一样，但让-卢克惊异地感觉到和弟弟在一起有着同样的烦恼……以前，在学会洞悉兰昆那帮人和雷苏尔那帮人之后，他常常想，一个二十岁的小伙子要比那些熟谙生意之道、被岁月耗尽精力的人更富有智慧、更有知识，因为他们被成功冲昏了头脑，到最后只看得清自己。现在，这个二十岁的小伙子坐在他对面，用尊敬和嘲讽兼而有之的语气跟他说话——他熟悉这种语气，是他自己年轻时的缩影，他却不喜欢这个约瑟，他身上缺少了什么东西：机灵、对现实的迅速把握，以及那种最冷漠的男人从流失的岁月中获得的温柔。这个约瑟，他是多么的冷酷无情啊，对与自己无关的事情不闻不问！……他坐在让-卢克脚边的一个小搁脚凳上，两只手紧紧地抱着膝盖，乱蓬蓬的头发垂到他那俊美的前额上。已经有一阵子没听他说话的让-卢克突然问他：

“你在给我打电话的同时还给一个女人打了电话，那女人是谁啊？请原谅，你刚挂电话它又响了，但当时我的电话可能还是和你接通的，所以我就听见了……你有情妇了？”

约瑟耸了耸肩膀。

“那是一个规矩的女孩子，”约瑟犹豫着如何措辞，“但这并不妨碍她和我第二次见面后就跟我上床，可你知道女人是什么东西……她的年纪比我大，已经二十岁了。”

“那你呢，已经？”

“十八岁了。”

他沉默了半晌后，声音更低地说道：

“我蛮喜欢她的，但时间不会太长久。我发现她……要的东西特别多……当然不是结婚，而是别的东西，爱情……我……瞧，我宁可告诉你我也一样，我……她很有魅力……但一个人生活太艰辛了。”

他突然补充说道：

“你知道迪斯累里[①]老的时候说了句什么话吗？他说人很难控制。说得多正确啊……”

让-卢克摇了摇头。

“别信他……相反，那是很容易的事情……只要把自己的愿望和自己的梦想跟人们提出来就行了。而极度难以控制的，是一个人自己，是他自己的心。”

他说最后这些话的时候，声音更低，仿佛他为说这些话感到羞耻一样。

然后，他就缄口不言。约瑟还在滔滔不绝地说着，可现在他的哥哥甚至都不装模作样地听他说话了。他突然站起来，走进客厅。客厅里空空荡荡的，什么也没有。他开始从一面墙走到另一面墙，根本没在意正一脸吃惊地看着他的约瑟。他已经忘记了约瑟，这是显而易见的。他走到窗户边，掀起一块窗帘，站在那里，背对着大厅。约瑟只能看见他把手放在窗帘的褶子上，用急剧而不连贯的动作把它揉皱。

约瑟站了起来，走到哥哥身边，让-卢克的面孔像平常一样冷峻、封闭，无动于衷。约瑟的呼吸更顺畅了一些，他心想：

“如果他能把钱给我，我就马上走……我使他心烦了……”

然而，他没有张嘴。让-卢克这时朝他转过身来，显得很迟疑地问：

“你跟我去喝一杯吗？”

“如果你想……”

“那好！走吧，我马上就来……”

---

① 本杰明·迪斯累里（1804—1881），英国政治家和小说家，两度担任首相。

约瑟朝门口走去，但让-卢克一直都没有动，而是一直凝望着窗户里那块被昏暗摇曳的灯光照亮的四方形的天空。约瑟叫了他好几遍，但他好像没听见。最后，他喃喃道：

“等我一下……我去穿衣服……”

他重复说了一遍：

“就在这里等我……”

他从约瑟前面走过，走进自己的卧室并关上了门。几乎就在同时，约瑟听见一声枪响，是一种很轻很脆的咔嗒声，约瑟一开始并没弄明白是怎么回事。他朝那间卧室冲过去，猛地用肩膀顶开那扇门，但房门并没有关，倒是这个撞门的动作使他松了一口气。

让-卢克倒在地上，但还活着，还有气息。不知所措的约瑟把他抱在怀里，突然，他感觉到哥哥把他紧紧地抓住了，用惊人的力气把他死死地抱住，抱得那么紧，就像是久别重逢的老朋友一样。他想逃走，大喊救命，但临死前的让-卢克用冷冰冰的双手，用已经一动不动的整个身体的重量死死地抓住他。只有他的眼睛还活着，一些话语堵在已经翕动不了的嘴唇上。那嘴唇使尽全力想动一下，但发不出任何声音，勉强能听见一丝呻吟，奇怪的呻吟。然而，最后的那一刻，他似乎恢复了神志。也许他认出了约瑟？他可能以为向他俯下身子的是另外那个人的面孔？他的头转到一边，脸贴在手上，阖上了眼睑，死得那么安详，约瑟连他最后咽气的声音都没听见。

译后记

金龙格

《猎物》首次出版于一九三八年，是伊莱娜·内米洛夫斯基短暂一生中的晚期作品，也是其较为成熟的作品。作者在纳粹集中营惨遭屠杀之后，这部小说也像她的十几部作品一样尘封了半个多世纪，战后的那一代人没有人知道作者，法国文学史上没有作者的名字，直到作者的遗作《法兰西组曲》荣获二〇〇四年法国雷诺多文学奖之后，人们才重新发现这位活跃于二十世纪三十年代的才女作家的文学地位及其作品的价值。

小说以二十世纪三十年代经济大萧条为时代背景，描写一个出身卑微的年轻人在社会上苦苦挣扎、渴望飞黄腾达，以及因为爱情幻想落空而自我毁灭的故事。

世界历史不会忘记，一九二九年十月二十四日华尔街爆发了“黑色星期四”之后，经济危机像瘟疫一样迅速从美国蔓延到欧洲，法国出现金融崩溃，工业生产倒退，失业人数剧增，农产品价格下降，国家财政出现严重赤字，几十万家庭陷入贫困。对于这场始于美国的经济危机，美国作家也许更有切肤之痛，福克纳曾回忆说，由于经济大萧条的影响，他的经济状况不佳，三四十年代为好莱坞各大制片公司共创作了电影剧本四十部之多，却依然不能摆脱经济压力。美国另一位作家约翰·斯坦贝克更是以经济大恐怖为背景，以血和泪写成了《人鼠之间》《愤怒的葡萄》等作品，反映那个时代农民催人泪下的悲惨命运。翻开二十世纪上半叶的法国文学史，虽然可以发现许多描写两次世界大战的作品，也可以看见罗曼·罗兰宣布“整个欧洲就是一所疯人院”、“对欧洲再也不抱任何希望”之类的文字，却鲜见直接以造成社会经济生活严重混乱的大萧条为背景的小说。幸运的是，伊莱娜·内米洛夫斯基在《猎物》中为我们真实地记录了这一段特殊的历史时期，以及经济危机给法国各个阶层的生活和命运带来的冲击，虽然作者并没有直截了当地描写那段历史，但我们很容易从作品主要人物的遭遇中看出那是一个何等悲惨的时代。我们先来看看作者着墨最多的主人公让-卢克·达格尔纳。

主人公让-卢克·达格尔纳从小就失去了母亲，八岁那年，父亲洛朗·达格尔纳再婚后上了战场，从此让-卢克就被关进了学校，成了一个名副其实的“孤儿”。他的整个童年时代都是在寄宿学校里度过的，孤苦伶仃，只有另一个身世同样可怜的同学杜尔丹与他同病相怜，并结下了友谊。洛朗·达格尔纳在德国被囚禁的那段时间得了一种腰部痉挛的疾病，最后一次手术后，他的病已经变成不治之症，从此家庭收益就少得可怜了。父亲知道自己什么也不能给他的这个儿子，“两年来，他的学费我都拿不出来，甚至连吃饭的钱都给不了他”。让-卢克也非常清楚自己不能跟他那羸弱、生病、破产的父亲要任何东西，为了生存，为了在无依无靠的情况下完成学业，他不得不玩命地干活，洗汽车，用两个晚上的时间翻译侦探小说，收费极其低廉地给人上课，含辛茹苦地挣钱，彻底放弃物质享受，什么活儿都干过。“从黎明时分开始，他就在街上谋划，试着推销他的那些吸尘器模型、收音机的焊锡，还有从倒闭的化妆品商店低价买来的肥皂……这是他惟一的谋生手段。无论是显赫的文凭、勇气，还是工作，没有一样东西能给他带来他所希望的最微小的安全感，没有一样东西能满足他最起码的愿望。就像人们谈论美国女孩时说‘美丽是廉价的’一样，在欧洲，在一九三三年的这个秋天，人的才智一钱不值。”什么地方都找不到工作，什么都不可能，并不过分的升迁的愿望、实现最朴素的心愿都没有希望，都不可能。他拼命地节衣缩食，才拿到了几张文凭，“岂知文凭的分量只是按照那张印了几个字的薄纸的重量来衡量”。这就是生活给予他的全部。在这个著名的金融崩溃的时代，连金钱都是稍瞬即逝的东西，他常想，“于连·索莱尔尚可以指望社会上的某个阶层。可我们呢？……我们今天有什么可以依靠的？……所有的一切都在摇摇欲坠。连金钱本身都不可靠。在我的周围，什么都没有，无依无靠”。

让-卢克的生活状态就是那个时代的人们特别是年轻人生存状态的真实写照。就是在“一切都摇摇欲坠”这样的时代大背景下，作品展开了让-卢克的爱情故事和奋斗历程。年轻孤寂的灵魂更渴望爱情，在索邦大学的长廊里，让-卢克与富家小姐爱蒂一见钟情，他那瘦削的面孔和美丽的眼睛吸引了爱蒂，爱蒂的一头金发和清丽的面容也令他十分迷恋，他爱她，他想把她变成他的妻子，但他同时也感觉到她这位富家千金太光彩照人了，她的全部生活与他天差地远，而他自己理想的女人“既是‘拉辛的公主’，又要跪在我的面前”，忠实于他，听命于他，除了他不依赖任何人，只属于他一个人，把他视为全部的幸福和全部的安逸……他们在一起“好幸福”，然而这幸福也和金钱一样昙花一现。交往一年后，让-卢克在报纸上看到爱蒂和一个大财团家的公子贝特朗·博罗歇订婚的消息，被欺骗的感觉使他咬牙切齿、怒不可遏，他使出年轻人的全部力量，带着愤怒、羞耻和蔑视，拒绝为一个女人痛苦，发现这一充满耻辱和仇恨的爱情是一种可耻的感情。经历这件事之后，他对爱蒂已经没有一丝一毫的柔情了，但他并不甘心就这么失败，决定"先利用她，然后，让她见鬼去吧"！他运用自己的智慧，成功地把爱蒂变成了自己的情妇，并怀上了孩子，使爱蒂与博罗歇解除婚约，自己则成了银行家撒拉的"乘龙快婿"。然而结婚后的让-卢克并不快乐，因为这并不是他曾经设想过的，她和他患难与共，她把他视为全部幸福和安逸的源泉，她一点不像自己的梦中情人：爱蒂只懂感官享乐，没头没脑，比最冷淡的布娃娃都好不到哪里去！"也就是一个俗气的女孩，一个小婆娘而已……"每次欢娱之后，让-卢克只感觉到满腹的忧伤和破灭的幻想，这种幻灭隐藏在爱抚之中，就像一枚果子苦涩的心一样。而爱蒂在欲死欲仙的时候，也百依百顺了，但让-卢克发现，她依顺的不是他，而是驻扎在他心中的那个魔鬼——肉欲。女儿嫁了个穷小子，爱慕虚荣的阿贝尔·撒拉感到没有任何面子，所以他没有给女儿任何嫁妆，他送给年轻夫妇的惟一礼物是银行的一千支股票，而在撒拉的干预下，让-卢克找不到任何工作，在追随他岳父的所有那些日常扈从看来，让-卢克还只是一个无关紧要的孩子。在他们的眼里几乎没有他的存在。除了一些含含糊糊的客套，他们几乎不跟他说任何话，他本人也觉得在他们中间自己太另类，不能成功地扮演这个家庭中半子的角色。日子一天一天地过去，他惊恐地发现世界在他周围转动，他自己却一动不动，尽管费尽九牛二虎之力，却是空欢喜一场。时光飞逝，青春不再，他却一无所有；除了面包、住所和一个他不再爱的女人，他一无所有。而孩子降生的第二天，撒拉的银行倒闭，撒拉吞下了两瓶巴比妥自杀。撒拉死后，那个银行世家什么也没有了。几个星期里，撒拉家的汽车、家具和房屋被一一卖掉，让-卢克的前程变得更加暗淡。

就在让-卢克为生计发愁，对未来一筹莫展的时候，有人想用四万法郎高价收购他妻子那一钱不值的一千支股票。虽然他此时过着捉襟见肘的日子，但他觉得这件事情非同小可，大有文章可做，弄不好就可以成为他人生命运的转机。他通过分析，机智地发现别人收购股票的目的是为了搞垮曾担任撒拉银行董事的现任财政部部长兰昆。于是，他抓住这个机会接近兰昆，鞍前马后地侍奉他，为他摆脱重重危机，最终成为兰昆的秘书，后兰昆提拔让-卢克担任部长办公室主任。世界终于为他打开了一扇门，一扇可以平步青云、飞黄腾达的门。

如果说作品的第一部分写的是让-卢克不甘屈服于命运，与命运抗争，根据自己的意愿来塑造命运，并取得成功的故事，那么第二部分则开始描写命运是如何残酷地作弄让-卢克，让他一步步走向深渊的故事。让-卢克进入政界后，住进了豪华的房间，在巴黎过起了一种上流社会特有的光彩夺目、花天酒地的生活。尽管他不喜欢上流社会，但他认为那是必不可少的。上流社会的晚会，流淌着香槟的晚餐舞会，在吃完美味佳肴之后，做什么事情都是那么易如反掌。为了各自利益的小交易在两扇门之间是那么顺理成章、水到渠成。金钱，如此唾手可得，都让他觉得厌恶。令人垂涎三尺的职位对凡人来说代表了神奇的机遇的东西，对他来说却是触手可及。每月这里弄个三千法郎，那里拿个四千法郎，那么接待客人、着装打扮、扩大社交圈子、增加这些关系网制造的机遇等等这些活动所需要的经费就都有了。然而，他渴望的成功，当它遥不可及的时候，富有那种梦幻般的美丽，但是一旦它出现在现实层面，就显得很肮脏很渺小。他极度失望的还有爱蒂，从前他那么渴望得到的女人，现在他的心中对这个女人却已经没有一丝一毫的爱意、没有任何感情了。当他们两人单独在一起时，他们并不觉得放松，反而感到拘谨，两人都希望一个不速之客突然出现，好让他们俩获得解脱。让-卢克从家里走出来，走到大街上时反而感到很惬意，就像别人旅行结束后回到家里一样。

从前，他只渴望战斗，渴望成功。现在，有钱有地位的他却需要幸福和宁静。就在这个时候，杜尔丹的情妇玛丽·贝朗热走进了他的生活。杜尔丹因为涉嫌造假而被判处五年监禁。第一次见到玛丽的时候，让-卢克很失望，她瘦瘦小小的身材，弱不禁风的样子，脸色苍白，双颊瘦削，没有一点儿血色，微笑时眼睛里看不到喜色，穿着很寒碜，根本就谈不上漂亮。她既没有家庭，也没有朋友，肯定连情人都没有一个。她整天都在含辛茹苦地工作。为了排解心中的寂寞，玛丽常和他在一起，并委身于他，她总是很乐意地接受让-卢克的计划，总是默默地顺从他，他喜欢她的这种百依百顺。他觉得和她有一种同病相怜的感觉，她则唤醒了他身上的爱情。在茫茫人海里见到她时，他的身体不听话地因为快乐和爱而颤栗，而当他的双脚迈进那条在尽头闪烁着煤气火光的黑暗的走廊里时，已经有一种宁静的感觉传遍他的全身。他情不自禁地寻找玛丽的体温，捕捉她的体香及被他紧紧靠着的那副细腰，抚摸她的乳房。他等着与她做爱，还有做完爱后的那段时刻和只有在她的怀里才能有的宁静。他摇晃着玛丽轻盈苗条的身子，向她传递着无论是对他那生病的妻子还是孩子都从未有过的那种深深的爱怜。这个他一点也不了解的陌生的情妇，这个女人却终于让他产生了这种感情……他慢慢地习惯了这种幸福。

然而，他的爱情梦想在杜尔丹出狱后即刻化为乌有。玛丽仍然深爱着杜尔丹，无论让-卢克许诺给她多少财富、爱情和幸福，玛丽都执意要回到杜尔丹身边，哪怕过的是那种穷困潦倒的生活。玛丽走后，他对她朝思暮想，想她的身子，想她那迟缓的忧郁的微笑，想她带给他的那种宁静的感觉，那种酣畅甜蜜的心灵的憩息，他惊恐地感觉到这一次自己已经不可救药地沦落为她的猎物。失去玛丽之前，他的妻子爱蒂已经跟兰昆走了，他的职位也一个个地失去，竞选议员的机会也落空了。年轻的时候他有一颗刚强的灵魂，当他第一次遭受痛苦的时候，虽然惊恐地发现它是如此强大，但是他马上就会发现它和自己势均力敌，很快地他就可以骄傲地承受它，而不会变成弱者，不会因此而死去……而现在，这么多痛苦同时袭来，他觉得自己是如此的不堪一击。他的血液里只有爱情，如此卑下的爱情就像一股毒液，已经使他无力回天了。小说第二部分第十九章里面写到让-卢克最后一次在宾馆里发狂的绝望的等待："太阳此刻正在西沉，阳光在广场上，在粗大的石柱上，在剧院的台阶上闪耀着。""他等待着……他等待着夜幕降临。他等待着玛丽的脚步声在门前响起，等待着见到她的面容，她的声音。她会来的，然后……他不再怀有把她留住的希望，他知道她要走的。他还会等下去……等黑夜过去，等太阳出来，等枕头上她睡过的地方变冷。"读到这样的文字，谁能不潸然泪下呢?

《猎物》像所有的传统小说一样，以心理描写、人物刻画见长，书中用了大量的篇幅描写主人公的心理活动。人物描写上更具功力，作者往往寥寥数笔就能把一个人物刻画得惟妙惟肖，给人一种妙笔生花的感觉。我们不妨来看看作者是如何刻画她笔下人物的：描写又老又病的洛朗·达格尔纳时，她这样写道："这是一个身材矮小、瘦弱的男人，面色苍白，眼神疲惫，深陷的眼眸似乎是朝里面转的，对现实世界漠不关心，这种眼神显示出他是一个快要死的人。"描写洛朗·达格尔纳的妻子、一个辛苦地做继母的女人："她长着一个又瘦又直的大鼻子，一双深陷在眼眶里的忧郁的眼睛。她那天生干燥的皮肤从来都没接触过脂粉，就像因缺少食物而营养不良一样。她的容貌并不缺少姿色，但却过早地憔悴了。"描写老谋深算却毁在女人手里的银行家阿贝尔·撒拉：他"显得年轻、消瘦，一头黑发，只有胡子是灰色的，而且很稀疏。他的脑门很高，向后倾斜着，鼻子很大很肥厚，鼻孔特别大。闪光的镜片光遮住了他的目光"。而极富表演天才的财政部部长卡里克特-兰昆"还很年轻，个子比较矮，肌肉结实，一头黑发在前额上梳成拿破仑那样的发绺，双目炯炯有神，就好像它们只会映照出外面的世界，而决不会暴露自己内心世界里的任何秘密一样"。再看看银行倒闭前后的丽丝·撒拉的变化，之前她"非常温柔，她很细腻、善良，那些只经历过幸福氛围的女人才有的善良。她的双手交叉着放在胸前，动作放松、自然，很是迷人"，而银行倒闭、撒拉自杀后的她"就像暴雨过后牛奶会变酸一样，这场风暴也使她变得尖酸刻薄。从前慷慨、花钱如流水，现在却一块糖、一块旧布都斤斤计较。让-卢克跟她争了很久，才终于使她同意给亡夫买一块墓碑”。而对主人公让-卢克的描写则贯穿了整部作品，使我们看到了一个十分鲜活、有血有肉的人物。

《猎物》是一部颇具司汤达风格的小说，它以柔美的故事、敏锐的观察、生动的细节、诙谐的语言、纯静冷峻的笔调、悲天悯人的情怀，生动描写了二十世纪三十年代经济大萧条时期人们的生活状况，如实记录了大萧条给人们带来的苦难、痛苦和迷茫，塑造了一个在摇摇欲坠的世界里疯狂地向深渊奔跑的人物形象。作者对于人性人心的恶毒阴险、人类感情的复杂多变和人类命运的冷酷无情进行了入木三分的剖析。作品的成功更在于它描写的是那个疯狂的年代，疯狂年代滋生的狂热激情和幻灭的希望。伟大的作品是超越时代的，这部作品的现实性使它历久弥新，对我们所处的这个时代也不无现实意义。